未读 | 文艺家

静子

佐野洋子 sano yoko 作品集

シズコさん

UNREAD

〔日〕佐野洋子 著

鲁莎 译

海峡出版发行集团 | 海峡文艺出版社

1

我进屋的时候，母亲正背朝外躺在床上睡着。我把脸凑到跟前去看她，她依然闭着眼，嘴不停地嚅动着。母亲的牙全部掉光了，她那不停嚅动的嘴上布满了皱纹，不禁让人联想到把一块布塞进一个小洞后的情景。尽管她一直处在睡眠之中，但她焦点涣散的眼神偶尔也会盯着某处一动不动。

“母亲——”听我这么一叫，她吓得哆嗦了一下，继而用充满恐惧的眼神打量我。“我是洋子啊。”等我说完过了一会儿，她才开始向四处看，等我又说了一遍“我是洋子啊”，她才直直地盯着我。“是洋子吗？哎呀……”她说着就把身子扭过去了，接着又说了一声“哎呀”。从这一刻起，在母亲眼里，我已经不是洋子了，也不再是其他任何人。

只要她心情好一些，我把带来的东西拿给她，问她想不想吃，她都会清楚地说：“想吃。”可吃的时候，那架势就像连盘子也要一并吃掉似的。母亲睡着的时候，有时听到一点声响就会睁开眼睛，今天却只有嘴在不停地嚅动。于是我静静地站在旁边望着她。

过了一会儿，我坐到椅子上继续打量母亲。她的身子裹在刚洗完不久硬挺挺的床单和被罩里。十年前母亲住我家里的时候，床单可没有这么整洁。

我自己的床单一个月也只换两次左右。为此我一直只铺深蓝色或者带红色花纹的床单，因为它们不显脏。换洗被子可是一项繁重劳动，每换一次我就要为自己上了年纪而感慨一番，然后把头钻进被罩和被子中间去，累得浑身是汗。每当此时我都会心生感慨：“真不知道这种活儿我还能撑着干多久。”“谢天谢地，这种活儿起码现在我还干得动。”

母亲要是一直住在我家，恐怕就不会是现在这般干净利落的老太太了，我也不会像这里一样，把食物捣碎了喂给她吃，她也就吃不上像这里这般种类丰富的饭菜和甜点了。这个念头在头脑中闪现的一瞬间，我猛然发觉，其实自己早已抛弃了母亲。

我原本打算静静离开，可还是爬上了母亲的床，即便如此，母亲还是闭着眼睛，身子一动不动，只有嘴在不停地嚅动。我握着母亲的手，攥几下，摩挲几下，但她始终没把眼睛睁开。视线触及母亲指甲的时候，我一下愣住了，她的指甲透明而洁净。母亲曾经身体偏胖，短短的手指头原本是很粗的。

直到母亲老糊涂到今天这个样子，我都没有再碰过她的手一下。记得在我四岁左右的时候，有一次我去牵母亲的手，我刚把手放进她的掌心，她立刻很不高兴地发出“切”的一声，然后猛地甩开了我的手。从那一刻起我就下定决心，再也不去拉她的手。也正是从那时起，我和母亲紧张的母女关系开始了。

眼前这双手，就是当初粗暴地把我甩在一旁的那双手吗？在我看来，母亲的手应该是结实、胖乎、粗壮而显暗红色的。抚摩着母亲的手，我发现，母亲浑身上下只有指甲上没有皱纹了。如今的这双手又平又薄，骨头上紧紧地贴着一层皮，只要一摩挲，皮就会活动来活动去，与其说是皮在活动，倒不如说是皱纹在四处游窜。我尝试着寻找恰当的比喻去形容，却始终没有找到。母亲的胳膊原来是很粗的，现在却瘦得只剩皮包骨，泛着青色的静脉就紧贴着这些皱纹向前延伸开去。

我可怜的母亲。您就是凭着这双手——自始至终就是这双手——活了一辈子。直到变成今天这个样子。

我想着想着，泪水便涌了出来。

在回家的车里，我一直哭个不停。进了家门发现一个人也没有，我就钻进被窝里继续哭，可是因为实在停不下来，我就边哭边给小樱打电话。

“你怎么了？”“我刚从我母亲那里回来。”“什么事啊？”“我母亲爱说谎。”“说什么谎了？”“她像沙知[①]一样学历造假。”“哈哈，这算什么大事啊？”“可是我不喜欢她这样嘛。她总是收拢着嘴故作高雅地说：‘小女就读于府立第二小学。’其实我上的是私立的女子学校。那所学校也没有什么见不得人的嘛。还有，我们住的地方明明是牛込柳町，可她只说住在牛込。后来越说越离谱，接着就成住在四谷，最后就成了曲町了。”“哈哈哈。”“还有，在我小的时候，有一次我说，母亲您说谎，她就说，你这孩子真可恶，你难道不知道说谎有时能够带来方便吗？然后就扇了我一耳光。”“哦，不会吧。”“她说我和我父亲一个样。”

父亲手上的肉很薄，又平又大。在严冬的北京，当地面结冰的时候，父亲会把自己的手当成手套，在他外套的衣兜里一直握着我的手。

我的脚尖冻得没了知觉，疼得快哭了，我说“脚，脚”，父亲说“蠢货，给我忍着”，却一直紧紧地握着我的手。和父亲外出的时候他也一直拉着我的手。我任何时候都能回想起父亲那又薄又平的手的感觉。我和母亲则没有一起单独外

① 野村沙知代（1932—2017），演员。1996年参选众议院议员时，曾说自己毕业于美国哥伦比亚大学，1999年遭到学历造假举报。

出过。

后来连父亲的手也没得牵了，他在五十岁的时候就去世了。我忘不了他那双又薄又平的手。那时我十九岁，母亲四十二岁。家里有四个孩子。我最小的妹妹才七岁。因为当时家里住的是机关宿舍，所以父亲死后，我们连住的地方也没有了。

“再后来我长大以后就一直没在她身边。我特别讨厌母亲。”“我知道的。”“后来，她七十多岁的时候不是来我家了嘛，有一天不知道因为什么，我说了她。我那个时候也真够可以的，竟然把人家的退路给堵上了。”“我能明白。”“我责怪她，为什么，为什么要那么爱慕虚荣。母亲哭着说：‘可能因为我自卑吧。’”

母亲回了自己的房间。虽然是我惹的她，但还是放心不下，过了一会儿，我打开母亲的房门。母亲斜着坐在床上，用衬衫的下摆掩着脸，仍然在那里不停地哭着。母亲边哭边说：“你怎么能在别人面前那样说呢？”“别人？那个人和我可是夫妻啊。”我一边说着一边想，是啊，怪我不好，可我还是禁不住觉得奇怪，到这个时候还在顾及面子啊。

母亲在别人家里非常客气，她会老实而高贵地把身子缩成一团，简直令人难以置信，但她就是这样的。父亲死后，她从自己盖的房子里被唯一的儿媳妇给赶出来。母亲嫁给我父亲之前是在东京长大的，那片土地几十年来都是母亲生活的地方，母亲已经在那里扎了根。我为母亲的境遇感到可怜。母亲一整天都在给那片土地上的朋友打电话。一个月的电话费竟然高达六万日元。看到发票的时候我就想，十万日元也好，二十万日元也罢，想打就打吧，真是可怜。我非常非常生弟媳妇的气。在我和母亲心情都好的时候就会一起说我弟媳妇的坏话。从中我完全感受到了母亲的万念俱灰。可说谎是我绝对不允许的。

“你母亲多了不起啊。”“是啊！”“母子之间就是那样。”“可我那时已经五十多岁了啊。你没有过这种事情吗？”“别说了。”“说嘛！”“我每周六都会去见她一次，一直如此。后来我嫌烦，就和母亲说，我很忙，不能每周都来看你。母亲说，明白了。然后，过了十天左右，我放心不下她，打电话过去，一听声音不对，马上就赶过去看她。她发烧烧得很厉害。我带她去医院，然后……稍等，我去拿点纸巾……”“后来呢？”“就这样，过了两个月她在医院死掉了。她在我去之前身体就很糟糕，可是因为我说了那番话，她就一直忍着来着。”

小樱在电话另一端抽泣着，我在这边也哭了起来。“……那时你母亲多大岁数？”“八十二岁……”“是吗？不过我更可恨，至少你特别爱你母亲，不是还向公司请了两个月的假，发疯似的为她按摩身体，照顾她来着吗？”“可是，如果当初我没说那种话，她或许……就不会死。”“我呢，虽然现在在反省和哭泣，但是我在母亲说‘可能因为我自卑吧’的时候，心里就舒坦多了。你不觉得我很过分吗？啊，讨厌，讨厌死了！我也得拿点纸巾了。啊，用完了。大家都和咱们一样吗？”“咱们好歹还能为此后悔和哭泣。有的人对这种事情根本理都不理。”

小樱的情绪好些了，可我挂了电话也没能缓过来，我对母亲说过的话如同泉水一样奔涌而出。

母亲是离开清水到我家的，可我竟然和她吵架，还对她大声喊：“你别在我家待了！”我从住宅小区的窗户看着母亲，一直盯着她的背影。母亲穿的是一件褐色带花纹的连衣裙，低着头，慢吞吞地走着。那时母亲已经过了五十岁。我简直连禽兽都不如。

我蒙着被子哭个不停，可是再怎么哭，我的罪过也没有因此得到减轻。在养老院母亲的床边，我说过“对不起，对不起”，可又有谁会原谅我呢？我都不会原谅自己。我感到无地自容，狼狈至极，我决定去北轻井泽，把北轻井泽的房子锁上以后再回来。等我到家的时候，已经是深夜了，家里的暖气也坏了。

在暖气公司的人来之前，我一直待在新井先生家。只有新井夫人在家。

“天气变冷了啊。天一变冷我有时就会想起往事。我上面是两个男孩儿，下面是两个男孩儿，中间我一个女孩儿，正好中间是女孩儿。我是在母亲身体衰弱以后才去看她的。去了一看，大冷天竟然开着窗户。我说天这么冷怎么能开窗户呢，就把窗户关了。我对嫂子说，窗户开着不冷吗？结果她说：‘是婆婆不让关的，她说这样纪美子来的时候就能够看见了。’窗户开了好几个小时，就是为了等着我来。母亲已经卧床不起了，即便是这样她依然想亲眼看着我来。”

新井先生的夫人用双手擦拭着眼睛。“您母亲去世的时候多大岁数？”夫人掰着手指数了数，说：“去年是十三周年忌，我今年七十三岁。”然后她用手指算了一会儿，说：“她那时是八十五或者八十六，要么是八十三。差不多是这个岁数，应该没错。”说着又用手指擦了擦眼睛。

2

“二战”结束后的六十年，不知是为了告别过去，还是出于反省，或是为了自我辩护，电视上经常会播放一些纪录片，有时会出现战前银座的画面。

昭和初期，男人和女人都戴帽子，西服非常端正而传统。美丽的女士和戴帽子的男士稀稀拉拉、恰到好处地走在银座大街上。行人稀疏得正合时宜，柳枝轻轻地随风飘拂。银座的建筑也非常漂亮而稳重。估计是昭和八年左右吧。

要说起来，我家的影集里也有好多张母亲打扮成这种摩登女郎的照片。那是她特意和几个朋友到照相馆里照的，流逝的时光已经变成了黑褐色，这种颜色正是大正时期的梦幻颜色。

没错，妈妈曾经就是摩登女郎。

头上斜戴帽檐很大的白色帽子，身上穿着下垂的贴身薄礼服。那时的摩登女郎造型过了几十年依然新颖而时尚，实在让人觉得不可思议。

看到自己穿着七十年代的服装照的照片时，我也会佩服自己当时竟敢穿这种下摆肥大的喇叭裤。我想其他人看到的时候肯定也会觉得害羞。

那些摩登女郎和摩登男士的照片中的西装却是很帅的。“逛银座”“资生堂西餐店”“银座尾张町交叉路口”之类的说法我应该听过几百次。

还有摩登女与摩登男一起去郊游的照片。摩登男穿着一身白西服，戴着巴拿马草帽。四五个男女在河里的石头上或站或坐，母亲穿的鞋子是复杂的杂色鞋。

每次看到母亲很早以前照的这种打扮花哨的照片，我都会感到一丝莫名的别扭。

小姨曾经说过：“我姐姐那可是用手轻拍着脸化妆的哟。我觉得好玩，就会走到近前盯着看。因为那时我还是孩子。姐姐一下子生气了，随手抓起个东西就扔过来。”

母亲这一点一辈子都没改。我小的时候也觉得母亲化妆时特别有趣。

每当涂上口红，紧闭着嘴巴发出“嗯嘛”的声音，母亲的化妆就大功告成了，变得就像别人的母亲。

但是，看着那张昭和十年前后母亲的照片，我还是觉得有些不自然。

父亲和母亲没有举办婚礼。母亲神志清醒的时候一直为此愤恨不已。父亲忽然被安排要到外地赴任，母亲追着跟了过去，所以没能办成婚礼，倒不是因为他们两个身份有别或者是父母的反对。

那时他们由恋爱到结婚，关系进展得异常迅速，不过母亲的条件确实不适宜相亲结婚。

在这一点上小姨也是一样。母亲将不利条件视作无物，而小姨则完全接受下来，并与之共度一生。

据说在我小的时候，每次她们姐儿俩吵架，母亲肯定会说："我住这么大的房子，你看你，只能从后门进来。"母亲长着一张圆而肥大的脸，小姨则是如同可口可乐瓶子一样的长脸，如同一个站在南，一个站在北一样，她俩的性格截然不同。

但我和小姨感情好。

"二战"结束以后，化妆品什么的都没了。可母亲还是坚持涂着口红。母亲穿一身用被面做的条纹裙裤，我家住在稻田里的时候，她依然对着带有裂纹的镜子紧闭嘴唇"嗯嘛"着化妆。那是一管又黑又小的口红。后来才知道口红的牌子叫米歇尔，在我看来，那是一管如魔法般永不消失的口红。

非常奇怪的是，我们姐妹只要聚在一起就肯定会提到母亲和小姨的话题："她们俩，长得那么难看却一点儿也不觉得自卑，这是为什么呢？"

妹妹说："因为母亲的长相在昭和初期很流行。"这么一说，我想起来，有一幅非常有名的红酒宣传海报，上面画着一个女的，圆脸，脖子下面袒露着弹性十足的胸脯，手里拿着红酒酒杯。

"要说像的话是有点儿像，但也并不是说只要丰满就行了。""农村长大的父亲不了解这两者的区别，误以为丰满结实就是东京的美人了呗。""那么，小姨呢？明明长得又瘦又高，脸长得像收起来的伞一样。""她认为自己很受男人欢迎呢。我觉得男人也挺不容易的，没有可以赞美的地方，就只好赞美局部了。她就曾经说过自己白眼仁儿放光，还说别人因此夸她性感呢。""竟然炫耀自己的白眼仁儿，这还真是头一回听说。""咱们那位小姨，一张大长脸，后脑勺平得像悬崖峭壁，可好像还是有奇怪的男的说：'良子小姐的脑袋长得真好看。'看不到的地方也去赞美，是不是很逗？""可是现在小姨还认为自己的脑袋长得好看呢。""她们两个是不是没有所谓的'客观性'啊，小姨的嘴大得和加藤清正[①]有的一拼，嘴都占到脸的一半了。""不过，明明是丑八怪，却认

① 加藤清正（1562—1611），日本安土桃山时代、江户时代武将和大名。据说他的嘴巴很大，可以放进一个拳头。

为自己受欢迎，一辈子都这么过就幸福了。”“没错没错。”

母亲来东京的时候，经常住在一进门旁边的榻榻米房间里。我的儿子说：“外婆的房间里有她特有的气味儿。”“什么气味儿啊？”“化妆粉的气味儿。”

每几天我必定和母亲吵上一架。母亲说我：“你啊，说这种话是要遭报应的。”然后，她用纸巾擤着鼻子，擦着眼泪，进了榻榻米房间。她好长时间不出来，我心情也不好，就对孩子说：“你去看看外婆。”过一会儿回来我问他：“外婆在房间里干吗呢？”“化妆呢。”我想：对母亲来说，化妆就是生存本身吧？

我发觉母亲痴呆程度加深是在她来到我家半年以后的事情。

出门的时候钱包里装了一万日元，回来的时候只剩一千日元左右了。而同一种新口红她有两支。我的小妹妹说：“母亲在化妆品店被人家骗了。”“是不是买别的东西了？”“没有，我去豆腐店买豆腐时，她只去了化妆品店啊。”

有一次，我故意跟在她后面，等着她去买化妆品。结果找回的零钱只有硬币。我走进店里说：“我认为我母亲给您的是一万日元。”店里的老头听我这么一说，一声不吭地把五千日元扔到了收银台上。在钱的问题上母亲是很有数的，可是买东西时受骗了自己竟然不知道，想到这里，我顿时有一种怅然若失的感觉。

如今，在没有一个熟人的东京街头，“逛银座”“资生堂西餐店”都已不复存在了。

母亲那时腿关节积液，看上去很疼的样子。在清水的时候，她经常请人为她抽出积液，并敷上湿布。我家附近有家骨科医院，出了门口一直走，第四间房子就是。“幸亏离得近。”母亲也这么说。可是有一天，在门口拐角处，我发现母亲呆呆地站在那里，长时间地就那样一直站着。母亲在家门口迷路了。

母亲刚来的时候，我买了一辆带轮子的购物车，盖上盖子就能做椅子用。“往那边走有一个公园，正开着樱花呢。你可以推着这个去散步。”“我才不呢，那岂不是和老年人一样了吗？”母亲一次都没用过。我真恨不得对她说：“您可不就是老年人吗？”那时她还是那么好面子。

搬进养老院的时候，母亲身体还好得很。她会约人一起去散步。晚饭的时候会盛装打扮一番，戴上项链，漂漂亮亮地化上妆。

与一个人孤单地待在家里的时候相比，母亲看上去似乎更有活力。她是一位干净利落的老太太。我妹妹带她去美容院，把头发也染了。那家美容院只有二十六个隔间，虽然小，但很整洁，设施齐备，环境很好。我最不喜欢母亲在养老院的花盆前面一直站到我的车看不见了为止。我成了把母亲丢在弃母山上的人。

母亲和隔壁房间的人很快就熟络了。每次我去的时候，她都在和隔壁的佐藤女士喝茶，看上去非常开心。佐藤女士说："我儿子去了荷兰，所以很难来看我一趟。他在阿姆斯特丹。""啊，我也去过那里。"母亲说。我记得母亲根本没去过什么阿姆斯特丹，不知道她是老糊涂了，还是在吹牛。再来的时候，佐藤女士说："我女儿在美国，所以……"我也搞不懂她是糊涂了，还是在向我显摆。佐藤女士和我母亲同岁，在我看来，佐藤女士比我母亲头脑多少清楚一些。

没过多久，我在母亲房间的时候，门口有人说："佐野女士，我是佐藤，能进来吗？"母亲一听，满脸不高兴地把手在面前挥了挥："跟她说我在睡觉，在睡觉。"我把门开了条缝说："佐藤女士，我母亲睡下了。""哦，是吗？"佐藤女士转过身走了。看着她的背影，我不禁心中一颤。住在这里的每个人，背影都是一样的。

"她老是这样，真是烦死我了，一个劲儿地自吹自擂。"

母亲，您还不是一样，为了炫耀甚至不惜说谎。不过，我能明白人为什么要炫耀。也可能女人的一生就是以虚荣和炫耀为中心，若无其事地进行着社交活动吧。

打开母亲的大衣柜，里面挂满了明亮鲜艳的西服。小柜子里面，衬衫和毛衣叠得整整齐齐。母亲在收拾摆放物品方面是一把好手。

三面梳妆镜前摆放着相当于我五倍左右的化妆品。母亲每次去食堂之前都会在三面镜前面重新化一次妆。

母亲对于钱的事情已经完全没有概念了。一般来说，大喊大叫地说自己的存折丢了，这是得了痴呆的人必定都会经过的阶段，但母亲不是这样。

任何时候，母亲的装束都是一丝不苟的，并且品位都非常庸俗。

在母亲身体还好的时候，有一次她高兴地对三个女儿说："我死了以后，你们三个肯定会争抢我的衣服的。"我虽然没吱声，但是心想：您饶了我吧，给我钱我都不要。可是如今回想起来，母亲穿的的确是与自己相衬的衣服。

从养老院回来的路上，我每次都会情绪低落。我感觉自己仿佛是去参观了一趟弃母山。而且在这座弃母山上，我将自己精心攒起来用作养老的钱分文不剩地拿出来，每个月在上面花的钱比我自己的生活费还要多，这座弃母山的费钱程度到了无法想象的地步。

可是我实在别无选择。

我没听说过有谁像我一样，把这么多钱花在自己母亲身上。养老院的工作人员告诉我，住在这家养老院里的人花的都是自己的钱，由孩子支付费用的只有我一个人。我想：这是我憎恨母亲的代价。

小姨说："洋子，姐姐真幸福，有你这么一个孝顺女儿。"我说："好吧，小姨，如果太郎出钱，你愿意在我母亲隔壁的房间住到死吗？"小姨笑着说："我可不愿意。"就连我都明白，那才是人的真实想法。

如果我很爱我的母亲，或许我不花自己的钱，内心也会平静。或许把母亲送到我知道的那种把老人扔在大房间里不管的特别养护中心去，我的良心也不会受到谴责。我没有爱过我的母亲，这种愧疚感使我不得不选择最高级的养老院。

母亲的痴呆症在时好时坏中向前发展着。

有一天，我发现母亲的表情很怪。

走近一看，她的眉毛竟然画了有七八条。原来母亲已经把自己化过妆的事忘记了七八回。

3

我第一次发现母亲是一个心胸狭窄且没有自信的人，是在她七十七岁我带她去欧洲旅行的时候。

母亲爱玩儿，我估计她一定常出去旅游。之所以用“估计”这个词，一是因为我们没有生活在一起，二是因为她旅游的照片数不胜数，和我不认识的人照的留念照片更是多如牛毛。她们是什么关系，我根本不想知道。因为我对母亲全然不感兴趣。

不知道什么时候母亲又去了一趟中国大陆，还去了中国台湾，更报了去意大利旅游的团。意大利之行出于某种原因未能成行。不过，母亲好像还想去欧洲，但是她不是那种自己就能去的有独立性的人，她需要有人陪着。

我认为，在北京的那段日子可能是母亲人生中最幸福的时光。

家里铺了地板的地方有一个滑梯。有一张照片，照的是哥哥在院子里开着英国制造的玩具敞篷车。父亲开辟了一块堆满沙子的游乐场，还给我们做了秋千。为了防止我们掉下来，秋千特意做成了箱子的形状，爸爸实在是一个能工巧匠。那时我家还有一个保姆。

我的衣服大概都是父亲给买的。这么说是因为我与母亲喜好不同。我有一件黑底上印着红色圆形水珠的羊毛连衣裙，而母亲不喜欢这种款式。那时母亲正处在二十五到三十岁。母亲的衣服可能也是父亲给买的或是定做的。我穿过几件中式服装，其中一件是灰色的格子布衫。我现在好想穿那件衣服。

我们家过的也是殖民者的“坏蛋”生活。

我的第一份幼年记忆是那个被泥墙包围着的，小孩子的汽车可以四处乱跑的中国式的家庭庭院。口袋胡同甲十六号这个门牌号我至今仍然记得。母亲说那段时光“接近七年”，但我觉得应该是五年半左右。或许对于父亲和母亲来说，这段时光仍然是新婚时期的延续。我记得那时父亲和母亲从来没有吵过一次架。母亲也从没有对孩子大呼小叫过，我也不记得自己被母亲骂过。

我每天和大我两岁的哥哥就像双胞胎一样黏在一起，这就是生活的全部。可是我从来没有被母亲抱过。我隐约感觉到母亲喜爱哥哥，而父亲则很喜欢我。我想是这样的。

这些对哥哥和我的生活没有产生任何影响。在这期间，弟弟出生了，另外一个弟弟也出生了。这个弟弟在出生后的第三十三天，从鼻子里流出如同掺入杂质的咖啡一样的东西，然后死掉了。他就在我的眼前流出了酷似咖啡的东西。当时很小的我之所以记得第三十三天这个数字，是因为葬礼当天母亲一边哭一边对每个人说："这个孩子才活了三十三天。"

战争结束那一年的三月，因为父亲工作调动，我家搬到了大连。日本战败后的两年，我们的生活十分悲惨。长大以后虽然能够去中国了，但曾经历过一段被称为"坏蛋"的日子的意识和亲切感纠缠在一起，心情过于复杂，所以我一直未能成行。可母亲不同，她在刚可以去中国的时候就去了。我认为这很符合母亲的风格。

中国是否让母亲不虚此行，我不得而知。

总之，北京的生活是母亲自豪的资本。我为母亲在向他人谈及那段日子时紧缩着嘴说话做作的样子感到羞耻。只有这种感觉而已。我长大以后几乎没和母亲真正对话过，因为我一直觉得对话毫无益处，而且我也不愿意与她对话。

无论我说什么，她都会大呼小叫地说："你怎么能这样！"

大妹妹非常懂得见机行事，小妹妹则在妈妈的支配下生活。

我则气势汹汹地站立在母亲面前，内心就像一个愚蠢的武士那样，手拿长矛摆开了对决的架势。即使是愚蠢的武士，也会为自己上了年纪却仍然不能爱母亲而有罪恶感。我和母亲关系最平静的日子要数我结婚后与她疏远了的二十年左右的时间。每年母亲节的时候我都会邮寄和服绸缎给母亲，现在回想起来，其实那是我喜欢的礼物，并非母亲所好，只是我的自我满足罢了。后来才发觉，我给母亲的衣服她几乎没有穿过。再后来我才知道，她把那些衣服都送人了。

每次见到女儿们，母亲都会给我们讲别人家女儿多么多么孝顺。比如说，谁谁谁的女儿给自己的母亲出了一本和歌集，某某某带着自己的母亲去泡温泉，等等。

背地里，女儿们嘲笑道："母亲可真会说。"

即便如此，在母亲六十岁的时候，我还是和妹妹商量"要不咱们给母亲出一本和歌集怎么样？"结果，马上就被她以"我才不呢，那么差劲的和歌，真能让人羞耻得晕倒"为由毫不留情地驳了回来。现在回想起来，如果当时我一个人坚持给母亲把和歌集出版了该多好。

母亲七十七岁的时候，我想带她去欧洲旅游。我和住在奈良的大妹妹商量，她说："我不愿意。要和母亲一直待在一块儿，我可不去。"然后给我寄了点钱过来。小妹妹答应一起去。我不想和母亲单独待在一起，所以才和她们商量的。如果小妹妹也把我回绝了的话，我想我肯定不会去的。

母亲来了好几次电话。“哎，鞋是什么牌子来着？”“锐步。”“啊，锐什么？”“锐步。”母亲这么温顺可爱，实属罕见。这次旅行历时十五天左右，完全由旅行社包办，是一次从德国的浪漫之路到巴黎的旅行。虽然价钱很贵，但好歹是我内心不安的一种补偿。

我们选在了十月出行。浪漫之路景致优美，城堡在红叶之间时隐时现。母亲拿出笔记本，巴士每到一座城市，她都会问："这个城市叫什么名字？”“海德堡。”“海，海什么？”“海德堡！”呵，母亲倒是挺认真。她规规矩矩地在笔记本上写下了片假名。无论多么小的城市，她都记了下来。或许那时母亲已经开始对自己的记忆没有自信了。

母亲和同组的人很快成了朋友。擅长社交、性格开朗是她的长处。一旦和别人交上朋友，母亲就会收拢着嘴唇炫耀起来："我女儿是为了庆祝……带我出来旅游的。”“哎呀，您女儿真是孝顺啊！”我在旅途中高兴不起来，索性将双手插进裤兜，快步走在她前面，与母亲保持距离。妹妹则如同演戏一样，扮演着好女儿的形象。不知为什么，妹妹在有人的地方尤其擅长扮演电视里出现的那种好人角色。

同组的人肯定对此感到奇怪和有趣吧。姐姐一副傲慢的架势，晃着肩膀，也不和自己母亲说话，只有妹妹悉心照顾，走路的时候挽着母亲的胳膊，说着诸如“那里有石头……”“没事吧？”之类的体贴话。外表方面妹妹也比我矮一些，比我漂亮，对人热情。这会给人很好的印象吧。

一到晚上妹妹就会累得筋疲力尽，烦躁不安。

晚餐前，母亲把自己打扮得漂漂亮亮，戴上项链，穿上带有花朵图案的连衣裙，还非常搭配地换上了高跟鞋。

然后她优雅地坐下，稚嫩地用着刀和叉，如同很懂礼仪的小女孩一样，看上去有些惴惴不安。我还是第一次看到母亲这个样子。

莫非这个人其实并不强悍？

我一次次地给在奈良的妹妹邮寄明信片，于是母亲也在我旁边写起了明信片。至于母亲是写给谁，我连知道都不想知道。在给妹妹的明信片末尾，我都会写上一句“母亲是个好孩子”。

有时我会问母亲：“我要邮给大妹妹，母亲您也写吗？”母亲会说：“好啊。”然后用拐来拐去的变体假名胡乱地写成一篇令人感伤的文章，最后署上“母亲笔”。母亲写的信一直都是充满感伤情绪，带有戏剧的味道。原来写信能让人变得异乎平常。真是可怕，或者应该说是令人恶心。结尾的“母亲笔”几个字就成了这出戏剧的最后一幕。

妹妹说："我最不喜欢看母亲在信上写的'母亲笔'那几个字了，真让人感到恶心。"我说："咦，你也一样啊！一看到'母亲笔'那几个字，我就连信都不想读了。"并且真有不读的时候。在明信片上"母亲笔"几个字的后面，我用大大的字再次写上"母亲是个好孩子"，然后贴上邮票投进外国漂亮的邮筒里。

车进入瑞士境内，来到阿尔卑斯小女孩海蒂的故事所描绘的那样的地方。小而漂亮的宾馆建在山腰上，我们就住在那里。从宾馆前面向下走一点，蔚蓝的天空下，阿尔卑斯山披着皑皑的白雪，横亘在那里，气势壮观，羊群分散地点缀在一直延伸下去的斜坡上。我们看到了远处的牧羊人，在那个方向我们还看到了一座可爱的房子。真是一片如画的风景。

母亲站在旁边吃惊地屏住呼吸，然后说道："啊，我太喜欢这里了，哎呀，真的。啊！"过了一会儿，她又说："啊，太幸福了，此生死而无憾了！"

是嘛，看来带母亲来对了——当时我满脸不高兴，但心里仍然这么想。

那一瞬间，母亲应该感受到幸福了吧。

旅途全程，母亲老实而纯真地吃着西方国家的菜肴，没有发出任何牢骚和不满。

真是一个乖孩子。

接下来，发生了一件让人大跌眼镜的小事。

我们正坐着大巴的时候，母亲一直在那里窸窸窣窣地翻着什么。忽然她喊了起来：“请把车停下，马上停下！”“怎么了？”“别管了，马上停下。”随车导游感到很为难，但因母亲不寻常的表现还是把车停下了。我记不清这件事发生在城里还是刚出宾馆不久了。母亲说：“让我下车，把放行李的地方打开！”胖胖的毛发浓密的德国司机下了车，打开了车的一侧。母亲在路边打开了自己的皮箱，她皮箱里的东西摆放得整整齐齐。“找到了！”母亲说。原来是化妆袋。抓起化妆袋，母亲关上皮箱，大步流星地回到了车里。车里的人们跟着吓了一跳。我和妹妹也火了。

不过说起来，在宾馆时，母亲就一遍又一遍地把东西放进去、拿出来。是不是那时母亲就已经对自己的记忆力变得不自信了呢？当时我觉得，一直表现得很听话的母亲突然又恢复了她平日一贯的蛮横。生性胆小的妹妹，此刻的焦躁不安或许达到了顶点。

车的终点是巴黎。我们住的是丽池饭店，早就听说在丽池饭店，日本人的车总是停在后门，从后门进去，原来是真的。

我怒火中烧，母亲却像驯顺的小狗一样，乖乖地从后门走了进去。这是此次旅行的最后一家宾馆。母亲说不吃晚饭了，然后从皮箱里拿出装有米饭的塑料盒与用梅干和海带做的煮菜。

“咦，她是什么时候带的这些东西？”我们都惊呆了。母亲把双脚搭在椅子上说：“哎呀，累得我腰酸背痛。”母亲用热水做了茶泡饭，然后说：“哈哈，对日本人来说，还是这种东西好吃啊！”接着，她就高高兴兴地狼吞虎咽起来。

我早定好要和儿子以及那时与我同居的人在巴黎会合，然后一起去摩洛哥，所以在宾馆跟母亲和妹妹道了别。

在回国的飞机上，母亲好像完全恢复了原来的本性。后来我才听说，妹妹在成田机场重重地跌倒在地上，还被送去了医院。我真对不起妹妹。因为我一路上满脸不高兴地把手插进裤兜里，走的时候还晃着肩膀，与母亲保持距离，而妹妹则是那种虽不情愿，但还是会笑脸相对的性格。

母亲的脑海里究竟有些什么呢？

已经是两年前的事了，有一天，母亲摸着我说：“洋子，你现在活着呢。在我与你之间，必要和不必要的事情都发生过啊。”

4

父亲是在我十九岁那年的一月一日离开的。他在去世前卧床不起了两年时间，到最后也没弄清楚得的究竟是什么病。

他只是感到疲倦，然后不停地消瘦下去，后来瘦到皮包骨死去的，很像奥斯维辛集中营里犹太人的遗体。昏睡状态持续了一天半左右，在那之前他还能够自己上厕所。那时我正在复读，二月就要考试。寒假时回家，看到父亲的一刹那我就想：啊，父亲要死了。他的眼睛呈黄褐色透明状。我想他一直在等我回来。

父亲想从我身上看到超过我实力的东西。对我来说，这是沉重的负担，但我还是在父亲铺好的轨道上前行。那时，女孩子考大学的很少，复读的更少之又少了。现在怎么样我不清楚，但是当时艺术大学的设计专业竞争非常激烈。复读是理所当然的。在父亲的头脑里只有让我上艺大一个念头。

父亲已经无法发出声音了，只是一直盯着我的眼睛。那时，我感受到了父亲用眼神传递给我的唯一的信息："一定要上艺大。今年应该没问题吧。"

后来，父亲在新年第一天的凌晨离开了人世。父亲的堂兄弟和我陪在他身边，隔壁房间里，医生正在那里打盹儿。父亲死去的一瞬间我想的是什么呢？如释重负。啊，这样一来今年考不上艺大也可以轻松一点了。

就像演电影一样，母亲跌跌撞撞地爬到近前，扑在父亲身上尖叫着："a-ta，a-ta，a-ta！"她以为自己叫的是"anata"[①]，就像演戏，比演戏还夸张。不过她不是在演戏。后来小姨说："你知道我是强忍着才没笑出来的吗？"人在最严肃的瞬间不知为何想笑出来。虽然母亲把老公说成了"a-ta，a-ta"，但这可不是演戏啊。

每个人都认为父亲不可能活下来。我想母亲每天也是如坐针毡吧。那时我十九岁，在家里我下面还有三个孩子没有长大成人。小妹妹只有七岁。大家都来了。今后应该怎么办呢？比起我的家人，周围的人们更担心我们的将来。前来吊唁的一个人对我说了一句很短的话："你，别上大学了，工作吧。"作为地方公务员，房子是公家的，孩子又多，父亲不可能留下什么钱。

① anata，此处为"老公"之意。

葬礼结束以后一周，母亲对我说：“你回去吧。”我在贫困预备学校里的很多同学寄来了信，还有一点儿香奠钱。母亲说：“你的这些朋友人真好。”这是我刚刚回忆起来的。啊，原来母亲也曾经说过肯定的话啊。可是这与“你回去吧”有什么关系呢？至今我都百思不得其解。当时我想，母亲可能已经无法忍受与我生活在一起。在父亲已经不在了的家里，我已经成为母亲管不了的女儿，这是事实。可这是父亲的遗愿吗？

后来母亲说过，父亲曾经告诉过她成了寡妇以后该怎么办。据说寡妇有两种，一种是哭哭啼啼地把寡妇的处境写在脸上的类型，另一种是鼓足干劲儿奋斗的类型。母亲可能靠的是不服输的劲头和虚荣心，才能够努力地在这个世界上生存下去。当然，即使父亲不对母亲进行那样的教育，相信她也会那样做的。

父亲去世后不到一周，有一天母亲在和我独处的时候说：“嗯，不好意思，你父亲去世以后我总算卸下了心上的石头。”作为母亲，她吐露的是自己的真实感受。

我诚实地想：是啊，可能如此吧。就连我自己也轻松了。我和母亲都是，虽然父亲的死并不令人高兴。

弟弟当时正在上高中，父亲去世的时候，弟弟用脏兮兮的拳头把泪水抹得满脸都是。看着弟弟，我心里很感慨：小子，父亲死了，这回你高兴了吧？小子，你可真行，被父亲欺负成那样，现在还流这么多眼泪。父亲有一种残酷的反常之处，并且把这种反常都加到了弟弟身上。对于父亲来说，家里的孩子都必须优秀，这是理所当然的事情。弟弟坚强地忍耐着，一件坏事都不敢做。弟弟对动物很感兴趣，他悉心照料着绿背鹦鹉，后来数量迅速增加起来。那时父亲身体还很健康，弟弟正上小学五六年级。父亲在院子里搭了一个大大的鸟棚，张好了铁丝网，弟弟拼命地想要帮忙，结果每次都帮倒忙，被父亲骂得狗血喷头。

“你可真够笨的，滚开！蠢货！”弟弟哭了，不过还是很高兴。大功告成的时候，父亲心情愉悦地说：“这下子养上几百只也不成问题了！”从那时起，弟弟每天都要在鸟棚里待到天黑。鸟棚里，鸟儿们扇动着蓝色和黄色的翅膀飞来飞去，这里俨然成了鸟儿的天堂。

后来来了一场台风，早上起来的时候，天空出奇地蓝。弟弟忽然脸色大变，原来巨大的鸟棚早被掀了个底朝天。

弟弟钻进翻了过来的鸟棚，徒劳地将手向上举着。

一只都没有留下。父亲说：“蠢货！小鸟能不飞走吗？”做的鸟棚风一吹就倒，都是父亲的错。

父亲去世后的第二天，弟弟的日记本打开放在桌子上，上面写着一行字：父亲死了我很高兴。

我虽然爱父亲胜过爱母亲，但是为了弟弟，我想父亲死了也好。看着弟弟歪歪扭扭的字，我的心里真的好难受。

回到东京，我参加考试，没有考上，后来去了落榜者去的学校。从那时起，我就离开了家里。

我认为那段日子是母亲一生中勇敢地站起来，在受伤中奋斗的日子。母亲原来只是一名平凡的家庭主妇，可后来竟然当上了市立母子宿舍①的女宿舍管理员。之前的宿舍长是一个男的，没过多久，母亲就当上了宿舍长。

“这种工作，一点儿用也没有。”

母亲发过牢骚，但是从来没有和我商量过工作的事。我和她没有一次能够意见统一的，对她来说和我商量只能是徒增麻烦，并且事实上我什么能力也没有。

“父亲和渡边先生说不定曾经是同性恋？”妹妹和我长大以后曾经多次说起父亲的老朋友——渡边老师。

“应该不会是同性恋吧，不过男人迷上男人，亲眼看到，还真的就那么一次呢。”

“父亲死了以后，老师在佛龛前呼喊着‘佐野利一，你为什么要死啊’并大声哭泣的时候，我觉得先生比咱们死去

---

① 母子宿舍，是以丧偶或离婚母亲为家长的单亲家庭，尤其有幼年子女没有亲属可照料者可申请入住的机构。子女由机构照顾，以便母亲工作。

的父亲还要可怜。”

“可是，姐姐，那时你不是还偷偷地笑来着吗？”

“那还不是因为他的大拳头横着晃来晃去吗？”

“先生的声音太大了，我当时被吓傻了。”

“曾经有一次我觉得阿姨因为父亲吃过醋呢。”

“要是没有那位老师，我们根本就上不了大学。”

先生到底动用了什么样的关系我不得而知，但是他从父亲的同学、同事和学生们等所有的人脉那里为我们四处募集奖学金。我不知道金额有多少。但我非常清楚，自己不是上大学的料儿。先生身材魁梧，嗓门大，脸盘大，脑袋上的头发像波浪一样浓密。每次喝醉的时候，先生都会用德语唱《菩提树》。先生用他那比父亲还要充满慈爱的眼神，关怀了我一辈子。

在先生去世前两年左右，我去拜访他的时候，他说：“小洋子，我已经变成傻子了。”原来他已经开始痴呆了。在痴呆的初期说自己变傻了的人只有老师一位。我当时觉得自己很心痛，仿佛是父亲的情感作为基因遗传给我一样，我也迷恋上了老师，作为人，作为男人，作为丈夫，作为父亲。如果有第二个人和他一样，我愿意嫁给他。六十七岁的我，总算明白了自己心中最理想的男人是什么样子。

大妹妹也在考大学的时候就一门心思想从母亲身边离

开，所以去京都上了大学。小妹妹从当地的保姆学校毕业以后，也想离开母亲，但她胆子太小，不敢直接面对母亲。母亲可能想把言听计从的小妹妹放在自己身边吧。大妹妹如同蝙蝠侠一样从天而降，想从母亲身边把小妹妹救出来。母亲又哭又闹，胆小的公主被吓坏了，哭着说："算了，算了！如果要弄到吵架的地步，我放弃。"志在必得的蝙蝠侠后来说："真够可以的，这孩子老是那样的话算是没救了。"结果，小妹妹也离开了母亲。母亲好可怜。

最后只有弟弟留在了母亲身边。

父亲去世后第六年左右的时候，在我毫不知情的情况下，母亲盖了房子。父亲可是一坪[①]的土地都没有就死了的呀。母亲是在父亲死后买的土地，可谁都不知道。后来我才知道，母亲是把那块土地的一半卖掉以后才盖的房子。

真厉害。我对母亲肃然起敬。

不过，我也好，妹妹们也好，都没有向母亲问过那些钱是从哪儿来的。至少我是害怕向她提起的。万一是老师为我们募来的钱怎么办？我很害怕。现在也还是一个谜，并且，直到现在我也无法直面真相。说不定是父亲生前参加保险所以才有的钱。

① 1坪约合3.306平方米。

一定是这样的，没错。

还有退休金呢，嗯，是这样的。

无论哪一种情况，对母亲来说那都是一座充满了执迷与自负的房子。

在那座房子里住了二十年以后，母亲被自己的儿媳妇从里面赶了出来。

弟弟结婚以后，母亲就开始在电话里没完没了地说自己儿媳妇的坏话。为此还特意上东京找过我。住在奈良的妹妹那边情况也一样。我们没有听她讲话的耐心。亲生的三个女儿都从家里逃了出来，我的那个弟媳妇恐怕也很不好过。弟弟夹在中间也在受苦吧。

母亲退休以后，婆媳矛盾更是愈演愈烈。

我已经烦得不行。

有一次，母亲来到我家，向女儿们发出了召集令。妹妹也从奈良赶来了。我刚刚用三十五年期贷款盖了房子，一年前还刚刚离了婚。

母亲转过身来对女儿们说："我决定住养老院。地方也已经选好了。"

我说："我这个房子还可以加盖六块榻榻米大小的面积，您来我家怎么样？"母亲说："你们家客人多，不给我另外盖一个房门和厨房，我可不干。我也是有个人隐私的。”我顿时无语。

“母亲，您是自己人，一起住不是很好吗？饭也可以一起做。”母亲气愤地睁大了眼睛：“你是想让一个老人给你做家庭保姆吗？”说是老人，其实她才刚过六十。

住在奈良的妹妹也刚刚从集体住宅小区搬到一个大房子里，她说：“母亲，要不您到奈良来吧。正好有一个空房间。”母亲发话了：“我可不愿意，你的那个丈夫，太多事了。”妹妹也不吭声了。

“反正我要住养老院，还缺四百万日元。”

“那样真行是吧？”

“没问题。我已经想好了。”

我们三个人上二楼，不到一分钟就确定了各自负担的钱数。

我们嗒嗒嗒地走下楼，刚跟她说完“母亲，放心吧，钱不是问题”，母亲哇的一声哭了起来。

“我都这么大岁数了，竟然要被三个女儿送进养老院……”我们一下子全都愣在了那里。

第二天，我十二岁的儿子说：“外婆其实是希望你们能挽留她。”

从昨晚起，母亲一直背朝外睡着，眼睛下面出了黑眼圈。

“母亲。”我在她脸旁边叫了一声，她只是愤愤地转动着眼睛说：“你的脸太大了。”“对不起。”我背对着她说，“咱们走吧。”“去哪儿？”“您可以住在我家旁边。”

5

战争结束那一年，我记得母亲三十一岁，三十一岁就已经是五个孩子的母亲了。

哥哥尚史九岁，我七岁，弘史四岁，忠史两岁，还有尚在母亲肚子里的妹妹。

虽说那是一个鼓励多生孩子多生产的年代，但是在撤退船上的收容所里，有五个孩子的只有我们家。说起来有些惊人，在战后，还是在连吃的东西都匮乏的海外，不久母亲又怀孕了。我后来听说母亲是在撤退的时候怀孕的。我实在无法理解父亲到底是一个什么样的人。他当时在征兵检查时被定为丙类，骨瘦如柴。莫非是野兽？我看有可能。

会走路的四个孩子，每个人的脖子上都吊着一副手套。哥哥的手套是母亲织的，八岁的我做了另外三副。母亲一教，我就勤勤恳恳欢天喜地地把手套织好了。我觉得自己八岁时简直就是神童。说不定我在幼年时就把自己所有好的资质禀赋都用尽了吧。我很能干，也非常听话。只干过一次不好的事。

那时的我有勇气，忍耐力好，有眼力见儿，从未顶过嘴。在父亲还没有把烟掏出来的时候我就会跑着替他把烟灰缸拿来。夜里天完全黑下来的时候我一个人去买花生米。我是眯缝着眼睛去的。外面偶尔能听到醉酒的苏联兵的声音，没有一个日本人在外面走动。我觉得自己就像上前线的士兵一样，只要一声令下，说不定就把命丢在了那里。

在我更小一点的时候，只要父母提到报纸，我就会闻着墨水的味道把当天的报纸递给他们。那时母亲脾气温和，我非常勤劳。不知道为什么，父母会选我当“传令兵”，而没选哥哥。

在撤退船上，我负责照顾四岁的弟弟。那是一艘货船。船的底舱被人和货物挤得密密麻麻，只有甲板上有厕所。我抓着弟弟的手，拨开人群和货物，登上几乎是绳梯一般摇摇晃晃的台阶，在堆满了冰块的甲板上，为了不滑倒，小心翼翼地向前挪动。在厕所里面，我抱着露出整个屁股的弟弟帮他上完厕所。

这个弟弟是一名勇士，一声都没哭过。他的眉毛上长着旋儿，就像孩子版的西乡隆盛[①]一样。他经常用力地紧闭着

---

① 西乡隆盛（1828—1877），江户末期的萨摩藩武士、军人、政治家。与大久保利通、木户孝允并称“维新三杰”。

嘴唇，少言寡语。直到现在，我都能记起握着他那双小手时的感觉。

为什么父母没有差使哥哥，而选的是我呢?

对我而言，就连在战后的海外领地上度过的那两年混乱的时光也如同光粉从天上撒落一般，恍如隔世。

在母亲因为痴呆丧失了大部分记忆以后，我才意识到，如今记得小版西乡隆盛忠史的，世界上只剩下我一个。哥哥在撤退以后的第二年死去，忠史在撤退以后三个月死去。妹妹们没有那段记忆。因为那时她们要么尚在襁褓，要么还没有出生。

在忠史死去的前两天，在父亲老家养蚕的屋子里，大弟弟弘史高烧烧得厉害，随时都有生命危险。

我带着忠史去稻田里玩儿。那时正是天气晴好的五月。在那天之前，只要我往帽子里放进去一只稻田里的蝌蚪，忠史就会高兴地笑。可是今天他罕见地坐在石头上闹人。他想回家。我使劲地拽着忠史的手往回走，心里很不高兴，心想：我可是好不容易才给你抓来那么多蝌蚪的。两天以后，忠史成了一具小小的尸体。

他死的那天，小姨等亲戚聚集在厨房里说："我们以为死的肯定是弘史呢。"

我的记忆里没有母亲为忠史的死哀叹悲伤的印象。因为就在为忠史办葬礼的那一天，我的另一个弟弟看上去也性命不保的样子。

那年母亲三十三岁。

孩子死了一个，还剩四个。那时父亲没有工作。

那年母亲三十三岁。

父亲和母亲开始了争吵。父亲在本乡[①]买了一间房子，可能是在海外领地被当成“坏蛋”的时期，为了有朝一日返回日本而攒了一点余钱吧。父亲老家长兄的女儿夫妇住在那间房子里。父亲在兄弟中排行老七。母亲想让父亲长兄的女儿夫妇搬出那间房子，然后我们一家人顺理成章地回到东京生活。可是父亲当时不敢向自己的长兄张口。

父亲死后，母亲一次又一次反复地念叨：“你们那个父亲，他究竟为了什么不敢和他哥哥说呢？我实在无法理解。”父亲在东京原本有好几份工作可以做的，可我家在那里没有可住的房子。

妹妹和我长大以后，曾经同仇敌忾地说过：“在乡下，只有大儿子是人，其他孩子跟牲畜没什么两样。那个大伯到死都不是个好东西。”我也觉得，我的那个大伯实在是一个

① 位于日本东京都文京区东部。

活生生的顶级大坏蛋，他那副架势却可以与儿玉源太郎[①]相媲美。他好像当什么村长来着，在我看来，他就是一个坐车不掏钱的人，不但不知羞耻，还要在检票口耀武扬威地弄弄嗓子，咳上几声。

父亲死后不久，人家用毛笔写的断交书就来了。估计是害怕我们这四个死了父亲的孩子哭着去投奔他们吧。父亲大学时代是左翼，特别高等警察[②]一直伺机加害他，所以他什么都不敢和作为长子的伯父说。父亲到死还在说："我死了以后，大哥一定会砍了山上的木材送给咱们家盖房子吧。"听说父亲只要一从昏睡中醒来，就会抬起手迷茫地说："大哥还没到吗？"我那个伯父是在确认我父亲真的死了以后才来的。

父亲您好可怜，只活到五十岁。

那时我十九岁，小妹妹七岁。

母亲四十二岁。

长大以后，每逢天气晴好的五月，我都会想起那时无力地蹲在稻田旁的忠史，当时我还硬是用力把他拽起来，如今感到无比悔恨，但已无法挽回。

某一年五月，我突然跑着出去四处买佛龛，因为我无法

① 儿玉源太郎（1852—1906），日本陆军大将，曾参与日俄战争。

② 日本明治末期到第二次世界大战时控制人民思想言论的政治警察。

停止哭泣。我还买了一敲就会发出“零——”的一声的钟和香炉。可是牌位放在了养老院，结果佛龛里空荡荡的。

忠史一张照片都没有留下。

我把家里的小狗玩具和小车都放了进去，可这样反倒觉得更加空虚。我想着，等哪天给他雕一座小佛像吧，还要给他做一尊眉毛上长旋儿的哼哈二将那样的佛像。想着想着，已经过去十几年时光。

母亲今天一直坐在椅子上发呆。我走到她身旁，轻抚着她的头。“母亲，您真可爱。”母亲攥着我的手，使劲儿把自己的脸颊靠了过来说：“我呀，想要一个像你这样的姐姐。”我已经厌倦当姐姐了呀。我说：“我想要像您一样的母亲。”“哈哈哈……真不知道你在说什么。”母亲笑了。

战争的结束改变了一切。我想不单单是因为饥饿和贫困，而是日本人突然迷失了自我。父亲或许曾经想过隐姓埋名地度过余生。

我记得撤退的时候父亲四十岁，肯定是非常显老的四十岁。他断然放弃了东京，最后选择当高中老师结束自己的余生。我认为父亲似乎一直在为四十岁就枯朽下去而努力。

母亲变了，和父亲顶嘴的次数多起来，饭桌上开始弥漫着令人厌恶的空气。这种变化可能是以哥哥的死为分界线的吧。

我们搬到了与父亲的老家稍微有一点距离的一个只有四户人家的村落里。忠史死后第二年六月的一个大雨滂沱的日子，哥哥死了。当时我虽然还是孩子，但也知道，哥哥死的前一天，高烧烧坏了脑子。

我就那样一直盯着哥哥。父亲双手抱着膝盖，看着脑子已经坏掉、手晃来晃去的哥哥，他的眼神迷离，看不出聚焦在哪里。父亲失常了。他问我："要是你这样了，你怎么办？"眼泪模糊了我的双眼。"我会去死。"我回答道。因为我认为，哥哥死了反倒更好，哥哥脑子坏掉以后就已经不是从前的他了。可是父亲您怎么能问这种话呢？我强忍着眼泪不让它流出眼眶。

和忠史死的时候相比，这一次父亲和母亲的反应完全不同。

母亲几近疯狂。父亲背对着我们，看上去就像被抽掉了主心骨一样。有一次他看着眼前刚插完秧的碧绿的稻田，呆呆地坐在廊檐下很长时间一动不动。周围人的反应也和忠史死去的时候全然不同。是因为哥哥是大儿子吗？还是因为他活了十一年那么长的时间？抑或是大家为他那么聪明就夭折而感到惋惜呢？哥哥的心脏长在右侧，是畸形儿的一种，还有心瓣膜病。哥哥脑门很宽，眼睛大得出奇，熠熠闪光，现在想起来，他长得像婴儿一样，实在招人喜欢。

我想母亲是真的垮掉了。一直到深夜都能听到隔壁房间里父亲和母亲低声交谈，还时常能听到母亲抽泣的声音。

父亲带着母亲去了寺院的和尚那里。

我觉得不是因为他们产生了信仰之心。用现在的话说，应该是来自身延山的高僧为他们提供了一些心理咨询。我不记得母亲究竟去了多少次寺院。他们没有在家里大声诵读过经文。

这么一来，我在九岁的时候就已经目睹了家中三人死去的场景。母亲三十四岁的时候失去了三个孩子。原本五个小孩，变成了三个。[①]

骨肉相连的哥哥死了以后，我一直沉默着。我有时会一下子忘记哥哥已经死了的事实，在哥哥的教室门口无意识地等着他。因为我们每天都是一起回家的。回过神来的时候，九岁的我竟然苦笑起来，是名副其实的苦笑。

没有一个人关心失去哥哥以后的我的感受。从前我每天都是拉着哥哥的手一起睡的。有时候想着自己拉着的是哥哥的手，忽然一看，发现拉着的是弟弟或者谁的手的时候，我又一次苦笑起来。

我认为，母亲就是从那时起发生变化的。当时我并不知

---

① 失去的三个小孩，包括只活了三十三天便过世的小孩，但“五个小孩”是从“二战”结束那年算起，战后忠史与尚史相继过世，此时家中只剩三个小孩。

道原因是什么。

母亲开始了对我的虐待。其时我还不知道“虐待”这个词。孩子受到母亲虐待的情形一般来说只会发生在非亲生的继子身上，而继子也有受到溺爱的可能。

隔壁的好子就是一个很受溺爱的养女。对于好子来说，她的母亲在年龄上已经可以做奶奶了。我当时想：因为好子是养女，所以她的母亲才是老年人的。

有一天，母亲心花怒放地对父亲说：“听说有人说我是你的续弦呢。他们说尚史和洋子是前妻生的孩子。还说我的年龄看上去像二十五六岁呢。”母亲的确显得年轻。就算是去稻田里干活儿的时候，她也会化浓妆，从不穿和农民一样的衣服。

父亲默不作声地笑着，看上去很得意。我虽然没吭声，但是心里清楚，就是因为母亲虐待我，所以邻里乡亲才会说那种挖苦的话的。他们是故意这么说的。

那时，父亲在位于三岛的学校上班，星期五的晚上才回家，星期日的晚上就要返回三岛。

妹妹说：“母亲肯定是欲望无法得到满足，所以才会火药味十足的。他们这对夫妇虽然完全不合脾气，但是唯独身体方面异常相投。”“我也是这么想的。不过或许比起脾气相投，还是身体相投的夫妇会更好一些。”不管我多么想控诉母亲如何如何残忍，话题总在此时开始转弯。

6

稻田里的房子不带自来水。家中有一个水泥做的四四方方的水缸，水要用水桶从距离房子三十米左右的一条细细的小河里打回来。要把水泥水缸填满水，需要在小河和我家之间往返多次。最初是母亲用竹扁担挑着两个水桶打水，但这很快就成了我和哥哥的活儿。我和哥哥把水桶吊在扁担正中间，抬起水来摇摇晃晃。摇晃的不是水桶，而是哥哥，他还不停地喘着粗气。这种情况没持续多久。母亲说："宝贝儿子，别干了。"母亲一直管上小学六年级的哥哥叫宝贝儿子。哥哥不喜欢母亲这么叫自己。后来，在六月那个大雨滂沱的日子，哥哥死了。

哥哥死后，打水成了我一个人的活儿。我想节约往返次数，便一个人把两个水桶挂在扁担的两端。开始的时候，两边的桶里只能勉强装一半左右，后来我每天一点一点地增加桶里的水。

就这样，当我掌握了猫腰走路水不溅出来的窍门以后，水桶里的水就可以装得满满的了。我想那时的自己看上去一定很像一只只有十岁，善于打水的瘦猴子。

好子的母亲满心佩服地说："真了不起！"小河从好子家院子前面流过。当我进入厨房把水倒进水缸的时候，母亲一言不发，只是用眼神瞪我。至少要往返十次左右水缸才能装满。有一天，水缸里的水装到七成左右我就糊弄着盖上了盖子。母亲立刻掀开盖子，用凶狠的目光瞪着我，压低声音对我说："想蒙我，没门儿。"听她这么一说，我默默地把水桶和扁担扔到了外面。十岁的我从来不哭，那时的我感到哭泣非常羞耻，就像抢劫火车失败以后大喊"哎呀，糟了"的匪徒一样，无地自容。

每次从学校回来，母亲都会瞪我。比起打水，我更讨厌母亲瞪我。她那眼神分明是在说："你想去玩儿？想都别想。"而且她只要看见我从学校回来就会这样对我。

或许母亲想过，要是我能替哥哥死就好了。当时我没想到这些，只是讨厌回家。因为讨厌回家，所以在学校附近的河边，只要看到有朋友在那儿玩儿，我就会加入其中。我们穿着木屐，在河里啪嗒啪嗒地蹚着水，冲着住在堤坝边上那间小屋的"疯癫子"大声喊道："绿色山丘上的疯癫子！"她家女儿小绿羡慕地看着我们。她母亲疯癫子从小屋里冲出来，向我们扔石子。疯癫子守护着小绿，一直都是。

在没人走的山路上慢悠悠地走上四十分钟，我回到家，母亲猛地揪着我的衣领说：“说，到哪儿玩儿去了？！快说！”接着，她就把我推到柱子边上，推着我的头咣当咣当地往柱子上撞。我是绝对不会哭的。我就像坏事败露了的坏人一样，乖乖扛起了扁担。

时至今日，我都会想：人们都说哭泣是女人的必杀技，为什么我没用过呢？小时候我没有想到用哭这一招，长大以后也没能享受到自如运用这一招所能带来的好处。

过了些日子，在哥哥死后大约一年，母亲又生了一个孩子。虽然有些混乱，但不是母亲在撤退船上时肚子里怀的那个孩子。那个孩子不知道人间蒸发到了什么地方。

父母死了三个男孩儿，估计倾注了全部愿望，期盼着男孩儿的降生吧。

因为这个孩子是七月出生的，所以父亲应该正在放暑假。母亲在隔壁大声喊叫着，这边屋子里，父亲抱着膝盖，一边摇晃着身体一边念叨着：“就要生了，就要生了！”

我被母亲阵痛的叫喊声吓坏了，心想母亲不会死吧，于是用双手捂住了耳朵，但根本无济于事，因为声音实在太大。我从家里跑出来，跑到了养兔子的小房子前，蹲在那儿，又把耳朵捂上了。这次出生的是个女孩儿。

过了两三天，在我家前面的旱田里干活儿的一个农民冲着我父亲大声喊："利一，真是令人感到惋惜啊！"

母亲一听这话就火了，大声反击说："人家生小孩儿，你怎么能说葬礼上说的话？！"

婴儿出生以后，洗尿布就成了我的活儿。尿布是去我打饮用水的那条河里洗。小便弄脏的尿布要涮三遍，大便弄脏的尿布洗掉大便以后，还要用肥皂一直洗到黄色的大便痕迹看不见为止。冲洗掉的大便漂在水面上，不知为什么，看上去还挺好看。

学校一开学，洗尿布就成了我每天上学之前的必修课，天渐渐冷起来，河水变得冰凉。

我在洗尿布的时候偷工减料，在还有一点黄色痕迹，没有完全变白的情况下就把尿布拧干了。母亲用凶狠的眼神瞪了我一下，然后麻利地将拧干的尿布拿到鼻子前，准确无误地挑出我偷懒没洗净的尿布，扔到地上。真厉害！我不禁对母亲心生敬意。

接下来，她打开残留着黄色痕迹的尿布，摁到我的脸上，说："怎么回事，这是？哎，你说说，这算什么？你连我都想骗，没门儿！"

可是，冬天洗尿布真的特别痛苦。

有一次，看着《阿信》中阿信的童年时代，我就想：这还算苦啊？再说了，虽然长相不好看，但品子的母亲对阿信不是挺好的吗？

天气一转暖，我就被命令去旱田里除草。对我来说，旱田简直是广袤无边。最初一根一根地拔，有一天，趁母亲不在的时候，我拿出铁锹，把地挖开，把土翻了个底朝天。不一会儿，田里就变得乌黑一片了。我当时知道，这哪里是除草啊。

母亲一回来就揪着我的衣领，把我拖到地里，抓着一个土块儿就摁到了我的脸上。“这，这，这是什么？你就这么偷奸耍滑，想蒙骗我，妄想！”我被推倒在了地上。在倒下去的瞬间，我就想：怎么可能不露馅儿呢？我其实早就知道会这样。

我时常想：要是自己当时因为这个而成绩不好了会怎样呢？在一所地地道道的乡下学校里，因为学生稀少，我的成绩格外出众，全科都是五分。我这一辈子，这么好的成绩只有那个时候得过。哥哥虽然成绩也很好，但是因为他不上体育课，所以并没有像我这样，五分一字排开。我兴高采烈地把成绩单拿给母亲看。她看了以后沉吟了一下，说：“这是你该得的成绩。在这种穷乡僻壤，周围可全是乡巴佬。”

虽然是在那样的乡下地方，成绩单上一字排开的五分，至今依然让我满心欢喜。而且，老师在成绩单上写着这样的评语：阳光、活泼、积极向上。

过分活泼有时也会让人胆战心惊。男孩子们不知道从什么地方弄来五寸长的钉子，把它放在身延线的铁轨上。我们趴在堤坝上，等着电车通过，然后把五寸钉取回来。五寸钉被轧扁了，闪闪发光。我们都好激动。真的非常让人胆战心惊。

冬天，我到山上去拾柴，就像民间故事中的老奶奶一样。我很喜欢这份差事。或许是因为我喜欢点火吧。用铁锅烧饭是我的工作，对着火焰看着看着，我就会为之陶醉着迷。形状和颜色变化一刻也不停止，我认为这个世界上最美的就是火焰了，眼看着又蓝又黄的火舌一下子变得通红，往我的身上爬，我差一点就被吸进去了。锅里的东西一喷出来，火就会更旺。当把红色的炭火放入灭火罐的时候，我感到非常惋惜。我觉得自己很有成为纵火犯的潜质。

有一天中午，为了蒸土豆，我点着了火。结果我竟然在灶台前打起了瞌睡。

等回过神来的时候，我已经被推倒在了地板上，母亲正用笤帚使劲地抽我。土豆已经烧焦了。母亲一边抽我，一边用脚把我踹倒在地上。

我像虫子一样，大声喊叫起来。

就算大声喊叫，我也不哭。母亲不停地打我，踹来踹去，抽个不停。

我想：自己要被打死了。如果要被打死的话，那就快点死吧。我任凭母亲痛打，一动不动，手脚无力地下垂，翻起了白眼。母亲用笤帚把捅了捅我。开始的时候我一直翻着白眼，可是母亲用笤帚转着圈地捅我肚子，痒死我了，结果我就放声大笑了起来。我被打得浑身青一块紫一块，却笑了很久。

我是爱偷奸耍滑的孩子吗？我天生就是狡猾的性格吗？

但是，母亲，只要您说上一句“谢谢”，捧一捧，猪也是会上树的。

只有一次，在我打完水以后母亲给了我一个西红柿。我无法忘记当时的喜悦。西红柿又大又红。当时我觉得，母亲多好啊，多么好的母亲啊！在我的心中，明亮的西红柿散发着光芒。

母亲一辈子都没有对任何人说过“谢谢”或者“对不起”。

长大以后我曾经想过，如果母亲在我每次将水倒入水缸的时候都能慰劳我一声“谢谢”，我肯定会欢天喜地地干活儿，可是现在我不这么想了。我觉得，如果母亲对我好一些，估计我就会利用这一点，说“我累了，这样可以了吗”或者“我肚子饿了，给我点吃的吧”，而不会选择默默忍受。

现在我觉得，那时的劳动经验与忍耐，经历了比没经历过要好。

但我不愿回忆那段日子。

我没有偷偷地向父亲告状，因为我们家根本就不是有那种轻松氛围的家庭。可是，我开始听到周末才回来的父亲和母亲因为我的事争吵了。虽然他们没有在我面前吵过，但我抓着房间后面的晾衣杆，听着父亲和母亲在大声争吵，我还是哭了。当时的眼泪到底为何而流，现在我也不知道。

今天母亲心情很好。“到我的被窝里来吧。”母亲说着为我掀开了被子，我又钻进了母亲的被窝。

母亲极其清楚地说道：“我究竟是一个什么样的人，谁能为我讲一下就好了。”分明连我是谁都不知道，她却说：“你曾经是个很好的孩子。”就是嘛，就是嘛。不对，我是一个坏孩子。母亲抚摩着我的手说：“这样真好啊。”

7

大学毕业以后，我在百货商店的宣传部门工作。刚工作那一年的中元节特卖会，整张纸的大宣传海报上，竟然阴差阳错地选中了我的插图。接着，圣诞节特卖活动用的也是我的插图。至今我仍然认为是有人搞错了。我自己觉得画得不太好，现在也这么认为。那时，我感觉到了自己禀赋的局限。我的可取之处只有年轻人身上的那股劲头而已。

地铁通道的两侧，绵延不断贴着我的海报。我和母亲走在通道里。

“母亲，厉害吧，您看，这些都是我画的哟。”

那时，我和母亲由于长时间不在一起，所以关系没有那么糟糕。

母亲黑着脸，满脸的不高兴，看都不看我的画，就像是跟我赌气一样，一直望着正前方的通道。母亲是在为自己成了乡下人而感到羞耻吗？

还是在克制自己，不让自己成为一个溺爱孩子的母亲呢？

不是您辛辛苦苦供我上的大学吗？我不是正在努力工作吗？您为什么要黑着脸不高兴呢？

哥哥死后整整一周，父亲的一个老朋友在不知道哥哥死讯的情况下从京都前来做客。

有的人真的有一种令人感到奇怪的因缘。他是在前一年的五月，从大连撤退回来以后第一次到我父亲的老家来拜访。就在那天晚上，幼小版的西乡隆盛死了。

然后，第二年的六月，他又来拜访，结果哥哥已经死了。他是父亲在旧制高中时代的朋友，在海外领地工作时也和父亲在同一个单位工作，非常疼爱哥哥和我们。

他从背包里取出从当地带来的礼物，递给我一本漂亮的便签本，然后一边拿出当时很难弄到的装在银色筒里的颜料一边问道：“尚史呢？”父亲看着稻田的脸转向佛龛，抬了抬下巴。

佛龛上放着一个白色的骨灰盒。

父亲的朋友顿时满脸错愕，张着嘴，双目圆睁。我现在依然清楚地记得他当时的表情。

他在哥哥的骨灰盒前哭泣着，肩膀颤抖。骨灰盒的旁边放着银色的颜料筒。

为了款待远道而来的朋友，我们杀了一只家里养的兔子。父亲对我说：“抓紧兔子耳朵。”我很不乐意。这只兔子直到那天早上，还一直在吃我给它摘来的叶子。我用双手紧握着兔子的耳朵，时而感觉暖暖的，时而又有冰凉的感觉。

父亲瞬间将兔子的脖子拧了一圈。伴随着咔吧一声，只见兔子通红的眼睛一下子变成了紫色，继而很快像蒙了一层透写纸一样变成了白浊色。

我是在兔子的眼睛变紫以后才把视线移开的。我不知道自己为何没有在一开始就把视线移开。

当天晚上吃的是兔肉火锅，因为我身上缺少动物性蛋白质，所以狼吞虎咽地大吃了一顿。

吃兔肉的时候，父亲的朋友说：“我像是你们佐野家的死神。”

哥哥画画出类拔萃。哥哥活着的时候，我从没有想过自己会画画。在哥哥画画的时候，我喜欢紧贴在他面前坐下，从纸的下边屏住呼吸看他画画。哥哥从画纸的下端开始画起，最后恰好在上端收笔。我看得如痴如醉。哥哥画画一旦投入进去，就会半张开嘴，用舌头舔在鼻子下面。原来擅长画画的人都是半张着嘴，一直把舌头露在外边啊。我一直是看哥哥画画的人，当哥哥画好以后，我就会感到十分满足，非常幸福。

所以，从京都来的叔叔才为哥哥带来估计很贵的颜料作为礼物。

原本应该由哥哥来用的颜料却给了我。

第二年，我在县里举办的写生大赛上获得了知事奖。班主任老师上课的时候拿来报纸跟我说：“你得的可是知事奖啊，现在回家去吧，快给你母亲看看这个。”我在山路上目不斜视地一路狂奔，一心想象着母亲高兴的样子，跑进了家门。

母亲看着报纸上小小的报道说：“这可怎么办，我还没有合适的衣服呢。”

然后，她盯着榻榻米上的一处，盯了半天。

她就这样一直盯着那里，然后说：“你哥哥如果还活着的话，他会说些什么呢？我想他一定会说‘洋子这个家伙真狂妄自大’吧。”我吃了一惊。哥哥不是会做那种事的人。哥哥非常了解我，就如同了解他自己一样。在他死之前，在他被头痛和发烧折磨得痛苦呻吟的正午，弟弟在哥哥枕头旁边跑动的时候，我冲他吼：“你给我安静点！”弟弟想蒙混过去，便说：“是姐姐干的。”结果哥哥说：“洋子不可能干这种事。”哥哥真的非常信任我。

可是母亲还在往下说：“你哥哥一定会骂‘这个浑蛋’‘你这个浑蛋’，然后把你痛扁一顿。”

母亲根本不了解哥哥和我。哥哥绝对不会那样的。

对于母亲而言，或许得到这个荣誉的应该是哥哥而不是我。如果没有哥哥的颜料，我也不会去画什么画。虽然得了奖状，可我并没有因此信心倍增，因为我并不喜欢画画。我画画的时候不会因为投入而把舌头伸在外面舔着鼻子。这个念头我一辈子都挥之不去。

母亲和我一起去了甲府。

母亲穿的是紫色、灰色花纹相间的最上等的和服和一件黑色的和服外褂。

母亲妆化得很漂亮，仔细地将红色的嘴唇倾斜着上翘。不知为什么我总觉得，她看起来才更像今天的主角。在到场的众多家长中，母亲看上去最年轻也最漂亮，我非常高兴。至于自己当时穿的是什么样的衣服，我已经不记得了。

长期在外工作的父亲经常会给母亲来信。母亲把这些信收在了柜子的里面。很久以后（我记得是我还没上中学的时候），我趁母亲不在，从里面抽出好几封褐色信封的信，原来是情书。现在回想起来，父亲还是相当有文采的。

我感觉父亲似乎非常想家。他非常想念孩子们跑来跑去、玩耍嬉戏的日子。他在信里还写了“水滴化作碧玉，滑落在你凝脂般的肌肤上”的文字。虽然那时我还是孩子，不知为何还是紧张了一把。其他的内容就什么也不记得了，只有那句话如烙印一般刻在了我的记忆里。

现在回想起那封信，只有一个情景浮现在我眼前。

泡完澡以后，孩子们都跑出去追萤火虫了。

父亲在廊檐处弯着腿往外看。在他身旁，刚泡完澡的母亲穿着短裤，裸露着上半身，肩上搭着我家仅有的一条浴巾，硕大的乳房微微颤动着，一览无余。我很生气，觉得母亲这副样子非常下流。父亲为什么就不说说她呢?

我很不舒服，正要进屋的时候，从母亲的背后看到了她的腋下，不知是水滴还是汗滴，小小的、圆圆的，沾在皮肤上。

父亲一直在为母亲那种令人难为情的姿态着迷吗?

“你凝脂般的肌肤”的后面或许还写有更加露骨的词句，现在我为当时自己没有全部背诵下来而深感遗憾。

父亲和母亲那时是非常幸福的。如今对我而言，那是一幅仿如牧歌般的情景，是我们家十分难得、无法取代的珍贵片刻。父亲信中所表达的情感，与其说是想家，不如说是由于性的压抑而演变成的爱恋之情吧?

是不是就像妹妹说的那样，比起脾气，两人身体更加相投呢?

妹妹说，母亲之所以用近乎虐待的方式对待我，是因为她的欲望得不到满足。我说：“哦，这么说的话，寡妇都会虐待孩子吗？”

等我长大了许多，上高中的时候，有一次老师要来家里进行家访。我原本坐在客厅，由于不喜欢和老师碰面，一下子躲进了壁橱里。

这是一位出身于津田塾的年长的英语老师。

她是一位将“女孩子要踢着连衣裙走路”这句话当成口头禅的老师，我很喜欢她。

我虽然与母亲进行着激烈的对抗，但是在学校里既没有惹什么事情，也没有去惹什么事情的打算。她们会说些什么呢？我不敢弄出一点儿声响，感到全身紧张得僵硬起来。

前后说了些什么，我不记得了，只记得母亲说：“因为我们都是女的，所以或许我嫉妒她。”我当时一边想她肯定会说些让我出乎意料的事，一边暗自吃惊：啊？母亲是这样的吗？因为那时我已经开始认为母亲是头脑很笨的人，所以基本上也没把她的话怎么当回事，只觉得躲在壁橱里才是大问题。

现在回想起来，我觉得父亲确实喜欢我，但是父亲不是那种将喜欢表露出来的人，而且无论对我还是对弟弟来讲，父亲都是一个可怕的人。不过，夫妻间的事情我就不知道了。父亲和母亲之间仅限于他们两人的谈话内容，以及即使不说两个人也能心领神会的事情肯定很多吧。

然而，母亲嫉妒我的什么地方呢？是不是从我小的时候很讨父亲喜欢，就开始不喜欢我了呢？母亲是不是很讨厌那时闻着报纸的气味把当天的报纸递给父亲的我呢？

也许，同样是自己的孩子，也有对脾气和不对脾气之分吧。我和母亲从一开始就脾气不合。

只要我反抗，母亲就会恶狠狠地说："你还真和你父亲一个德行。"我当时想：那你为什么还要和我这个德行的父亲生七个孩子呢？不过或许我继承了父亲身上最令人讨厌的部分。

但是，我认为哥哥的死才是最大的原因。母亲真的希望我替哥哥去死。十一岁就夭折的哥哥，人生没有得到任何机会，母亲一定觉得他很可怜吧。

或许正因为哥哥是在十一岁死去的，母亲才会一直随心所欲地对哥哥进行美化。然而，随着我一点点长大，我开始觉得，哥哥在这个世界上生存下去肯定会很艰难。

他或许头脑很聪明，但是软弱胆小。面对那些成群的欺负我哥哥的男孩子，我曾经拿着棒子挥向他们的屁股，从人群中把哥哥解救出来。

在浑身是泥的哥哥用眼睛狠狠地瞪着我的时候，为了安慰他受伤的自尊心，我只好一边哭，一边无精打采地走在他后面。

当我自己在人生路上多次被击倒的时候，一想到哥哥那孱弱而纤细的敏感，我就会一次又一次地想：哥哥，你死了算是对了，一旦活着，想死都办不到。

在前往养老院的五日市街道上，我看到堤坝上开满了绣球花。

啊，我已经在绣球花盛开的季节从这条路上经过有十次了。一想到母亲十年来每晚孤零零地一个人睡在那个房间里，我就会泪雨涟涟。

母亲已经无法坐着吃饭了。

“我回家的时候，只要那个孩子一个人在就行。”

那个人是谁呢？谁也不知道。

母亲是神吗？那个孩子是哥哥呀。

8

在山梨县地道的乡下学校里，撤退回来的我穿的衣服比任何人都要时髦。

明明是只带着被褥袋子和背包以及五个孩子回来的可怜的撤退者，但我觉得，母亲估计扛来了和身体一般高的满背包的衣服。比起穿着稻草鞋和黑得铿亮的人造棉做的劳动裙裤的堂姐小雅，我的打扮要漂亮多了。

这些衣服是从哪里来的呢？有的是来自美国的亚洲救济联盟的物资，有的是来自日本政府的援助。有时在学校，一件雨披或者一双黑色的胶皮鞋就是天上掉下来的礼物。

老师把东西给我的时候会说："这是给撤退回来的洋子的。"虽然这是给我的恩惠，但是在孩子的心里肯定会认为这是来自老师的偏爱。有一个小女孩，家住在山里头河边上的一间窝棚里。那里没有厕所，也没有电，那间窝棚推一下就能倒，连房子都算不上。她的母亲经常在河里露出整个屁股大便。最初我以为拉出来的是大便呢，结果那是从她的肛门里垂下来的十几厘米长的肠子，实在吓人。那个女孩没有笔记本，也没有铅笔，如同卷圆了的锯末一般的头发上，净是白花花的虱子卵和虱子，而且这些虱子正在她酸臭的衣服上到处乱爬。那个孩子可能一直都是光着脚走路的。

学校里没有一个孩子有雨披等雨具。所有孩子都是穿着稻草鞋或者木屐，没有一个孩子穿鞋子，所以"给撤退回来的洋子"的物资从天而降的时候，教室里一下子就沸腾了。我虽然很不喜欢，但其中的雨披和鞋子我都想要。我觉得很不公平，但在我心里并没有把这些东西送给那位肠子脱落的可怜母亲的孩子的善意。后来那个窝棚不见了，肠子脱落的母亲和她的孩子也无影无踪了。学校里没有了那个孩子的身影，但是似乎没有一个人觉察到，她就那样如烟一般消失了。

用全身力气打我、虐待我、憎恨我的母亲，用绿色格子花纹西服上薄薄的人造丝绸给个子迅速长高的我做了一条连衣裙。由于没有缝纫机，母亲发挥她那高超的手艺，将整件衣服都用倒钩针缝着织，做成的衣服就跟用缝纫机做出来的一样。

应该是在我十岁的时候，穿着这件衣服，我坐电车换乘了三条线（身延线、东海道线、骏豆铁道线），一个人去了父亲工作的三岛。我去的是父亲那边的亲戚家里，他家经营着一家点心店。“当时我吓了一跳，以为见鬼了呢！”直到现在，堂姐民枝还这么说。据说当时我在店门口大声喊道：“我是佐野利一的长女洋子！”是不是很像去南极探险呢？

我一进家门，婶婶和民枝堂姐还有老奶奶都围了过来，拉着我的连衣裙说：“哦，这就是静子用手缝的吗？哎呀，真是太了不起了！”连衣裙上接了六块布，全都是用手模仿缝纫机织的。肯定费了不少功夫。

于是，我就成了深受母亲宠爱的女儿。婶婶家没有女孩，所以对我特别好。我待着特别舒服，所以就磨磨蹭蹭地赖在他们家不想走。

我看的第一部电影是描写克拉拉 · 舒曼的《爱情之歌》，是婶婶带我去的。婶婶说：“真厉害啊，外国的女演员钢琴怎么弹得那么好。”

后来有一天，电报传来：“速归。”回到家里我就被一顿臭骂。我当时真心希望成为那家亲戚的孩子。

那时我们身上穿的都是母亲做的衣服。弟弟妹妹们的毛衣一旦变小，母亲就会把毛衣拆开，把皱皱巴巴的毛线缠成捆，洗过以后用蒸汽烫直，用来做花纹。我把线捆架在两只手上，母亲把它捯成线球。为了让母亲捯线球容易，我两只手左右来回晃动着。母亲教我如何织衣服，我非常喜欢这样的工作。这时母亲的心情就会很好。母亲是社交能力强、性格开朗的人，心情好的时候就会唱歌。我在母亲心情好的时候最是感到不安，因为我不知道她会在什么时候突然歇斯底里。

母亲从没有主动问过，或者倾听过孩子讲话，她只会下命令。指令一旦没有如愿得到执行，她就会暴跳如雷。我也有疏忽的时候。学校里有一些伟人传记类的书，我如饥似渴地阅读着，一感动起来就想向人倾诉，于是对母亲说："喂，喂，野口英世曾被人们称作没有手的人呢，他的手被烫伤过。"这下子坏了。"吵什么吵！到那边待着去！"我又遭到母亲的大声斥责。真糟糕，我太大意了，简直羞愧得无地自容。就这样，我变成了不向母亲汇报任何事情的人，一辈子都是这样。

后来才知道，母亲喜欢享受。在那个山梨县的乡下，没有一件能让母亲愉悦的事情。

母亲讨厌并鄙视农民，所以她对父亲的亲戚无一例外地都很厌恶。和父亲老家有一段距离的那间房子，也就是只有四户人家的那个地方的房子，是一个住得很远的亲戚为了干农活儿在自家的稻田里建的。我认为他们是出于好意借给我们的。在插秧或者收割稻子的时候，那家的女儿们会几个人在狭窄的房间里连被子都不盖就席地而睡。这个时候，母亲只是不冷不热地做做姿态而已。

第一次插秧的时候，母亲只帮着干了三十分钟左右就说“真讨厌”，然后马上钻回屋子里，咂着舌头说：“真恶心。”我却完全迷上了插秧，和姐姐们肩并肩地把秧苗插到泥里去，我感到非常有成就感，就好像是在玩泥巴一样。泥里有水蛭，叮在了我的小腿上。我把它拽着扯下来的时候，姐姐们叽叽喳喳地笑起来。那时十岁的我帮了多少忙我不知道，但是我体会到了一起劳动的快乐。

虽然干活儿弄得浑身是泥，但我感到非常快乐。不是因为我迷上了稻田里的泥巴，我想是因为我有对任何事情都很专注的性格。

就和大家对裴勇俊[①]的迷恋是一样的。

母亲可能是非常讨厌脏兮兮的事情。母亲曾经是城里的中层家庭主妇。那些姐姐既没有把连衣裙整个反着来缝的精力，也没有那种热情。

在乡下住了三年以后，在我上小学六年级的那个夏天，也就是第二学期起，我们搬到了静冈市。搬家那一天，我穿着那件绿色的连衣裙在杂草丛生的骏府城的正中央待了许久。

我们和德川家康在同样的地方生活了近三年时光。

只剩下宏伟的石墙和两道护城河的骏府城，成了一个大

① 韩国电视剧《冬季恋歌》里的男主角。

草场。战争期间，这里好像曾经是士兵们的练兵场，石墙边上还留有两处兵营遗址，后被改作校舍，一个叫城内高中，一个叫城内中学。即使是这样，草场上还是杂草茂盛，广袤无边。学校对面一侧的堤坝上有一排旧房子，如同紧贴在堤坝上一样。那是父亲他们单位的机关宿舍，是一个八间房子连成一排的长长的大房子。门口的八扇门用黄色的油纸代替玻璃，一字排开，在外面有四间小屋作为厕所，每间小屋里有两个厕所。在城中央，有一株又高又大的橘子树，是当年德川家康亲手栽种的，没遮没挡地孤零零地耸立在那里。

因为有自来水了，所以再也不用出去打水了。

妹妹也已经不用尿布了。

过了城堡的桥，正前方就是学校。我成了全班同学中距离学校最近的学生。这所小学的名字自然叫城内小学。

母亲对待我的粗暴方式戛然而止，她一下子变成了社交型的女性，和父亲同事们的夫人打成一片，她成了一个声音明快、笑声开朗的人，并且非常喜欢款待客人。

虽然我家的三间房子分别是八叠[①]、四叠半、三叠，但在餐厅四叠半的空间，只要有客人来，无论几个人都坐得下。母亲会麻利地为客人做好饭菜，不知什么时候她已经融入了

---

① 叠，日文作畳，日本房屋面积的计量单位。1叠相当于1张榻榻米的面积。

客人中间，发出爽朗的笑声。

这种场合，母亲也必定是要认真化妆的。

我完全忘记了母亲对我的毒打。真是非常奇怪，我是长大以后才渐渐回想起那些往事的。越是上了年纪，那些场景就会越发清晰。

真是不可思议。

九月，我成了一名转校生。静冈的朋友没有穿稻草鞋的。

社会也一点点恢复了平静，不过还是非常贫困。

男孩子穿的都是黑色的木棉学生服。

女学生谁家有钱一眼就能看出来。

转校以后，班里搞了一个小测试。当班长的那个男孩子看了我的卷子以后，用非常严厉的目光打量着我。我得了满分，而他错了一道题。

我知道，这下惨了。中午的时候，他说："佐野，你出来一下。"跟着他爬到学校后面的堤坝上以后，我绝望了。班长把我推到很粗的一棵松树旁，反反复复扇了我无数个耳光。两个人都没有说话。被打完以后，我迈着小碎步快步跟在班长后面，返回了教室。一进教室，班长就大声喊道："喂，佐野怎么打都不哭。你们也给我试试！"这次我被推搡到了后面的墙上，全班的男同学对我又是一顿暴打。

“还真是，一声不哭。”“厉害啊，竟然不哭。”男孩子们纷纷散去，还说：“真是无聊透顶！”

母亲，谢谢您。是您造就了死犟死犟的我。我变成了一个极少哭泣的女人。母亲，如果我不是您的孩子，我或许早已成为谙熟哭泣这一技巧的女人了吧。

后来，班长和我成了特别要好的朋友。是他满头大汗地一边奔跑一边帮我扶着车后座，一直到我学会骑自行车为止。

他还让我加入了棒球队。放学回到家，家里人马上就把妹妹绑在我的背上，打棒球的时候我的背上还绑着妹妹。我站在击球区，左右奔跑。妹妹的脖子在我的背上晃来晃去，发出咯吱咯吱的响声。我向前摔倒的时候，妹妹的头总是最先着地。

妹妹的脑袋不会因为这个多少被摔傻了一些吧。

没过多久，别人就给我起了个绰号——“松垮裤衩”。

妈妈给我做了一条裤衩。为了在我个子长高以后也能穿，她逼着我穿上了那条用白色平织棉布做的巨大裤衩。这个大裤衩竟然比有些短了的连衣裙还要往下露出五厘米左右。有一个男孩儿与我家同住在那个长房子里。我们吵架的时候，男孩子就会大声喊“松垮裤衩，松垮裤衩”，最后还给配成了顺口溜："松垮松垮大裤衩，裤衩松松垮又垮。"

有一次，那个男孩子的母亲从我身边路过的时候说了一句话："你外号里的'松垮'就是'狡猾'[1]的意思。"我受了刺激，像石头一样僵在了那里。现在回想起来还会觉得浑身僵硬。

我在大人眼里就是那样的一个孩子吗？

我没有对母亲说裤衩的事情。母亲到底知不知道"松垮裤衩"这个绰号说的就是我呢？

母亲已经坐不起来了。她身体无力，已经无法支撑起自己的身体。

今天去看她的时候，她也是面朝墙壁睡着。我把脸凑过去一看，她的眼睛睁得大大的，假牙已经被取出来了，但嘴还在那里不停地嚅动着，不管睡觉的时候还是小便的时候，都在不停地嚅动着。叫她也不回应。

保姆告诉我，让我时不时地给母亲多喂点水，我把装有红茶的吸嘴放到她的嘴边，她一下子就把嘴紧闭了起来。我刚想稍微用力往里塞，她突然大吼起来："你搞什么鬼！"

---

① 日语中的"狡猾"发音为"zurui"，与"松垮"的发音"zuru"近似。

9

我有一个朋友叫佐藤，今年六十九岁，直到现在他仍然常说："洋子，我好想再吃一次你母亲做的饺子啊。"

我的发展方向是父亲定的。在他看来，我就必须考上艺术大学的设计系，然后从事设计师的工作。

父亲的同事中有一位雕塑家。就像是静冈的艺术大学考试预备学校一样，许多静冈高中的学生为了学习素描来到先生的工作室。佐藤君就是其中一位学生，他在初中的时候比我高一级，我早就认识他了。

佐藤君第一年高考没考上，去了东京，一年的时间里，他每周都会用明信片将复读班上授课的内容告诉我。我想这不是一般人能够做到的。在他的影响下，我对做设计师这条路的激烈抵触可能多多少少缓和了一些吧。

在父亲还是母亲的提议下，我们邀请佐藤君和他的朋友田宫君到我家吃饭。

我家吃的是水饺，在家里叫"jiǎo zi"。从饺子皮开始都是母亲做的，花费了好多功夫。榻榻米客厅里，两个男孩子和我还有父亲坐在一桌，母亲一盘接一盘地端上饺子，可是两个男孩子因为和我父亲坐在一起，所以格外拘谨。可能父亲也觉察到了，在中途离开座位的时候说了一声“你们慢用”，然后房间里的空气一下子就融化了。察觉到这种变化，我们三个都笑了起来。母亲的饺子完全掌握了饺子的精髓，所以家里除了饺子没做别的。那时还不像现在，哪里都可以买到饺子。

我至今仍然觉得，母亲做的水饺真的是太香了。

佐藤君说：“洋子，你母亲好年轻啊！”我想母亲一辈子都在被人夸年轻。在被问到是不是母亲的姐姐时，小姨笑着说：“对，你说得没错！”

母亲也对为人和善的佐藤君非常满意。“我想嫁给像佐藤君这样的人，哪怕一天也好。”这样的话她说过好几次。佐藤身上有我父亲所没有的那种机敏和热情，母亲可能是被他的这些优点吸引了吧。佐藤君和我各自结婚以后，他每次到我位于清水的家中时，母亲都会这么说。过了五十年，佐藤君依然记得母亲包的饺子。

我以前没有觉得母亲做的菜好吃。

长大以后，寄宿在小姨家里，说不清是什么时候，我突然意识到了。

从上小学开始，我就帮着妈妈做晚饭。可能我也并不讨厌做饭。有一次，母亲不在家的时候恰巧有客人来访。我当时上小学六年级，竟然用鸡蛋做蛋黄酱，做了个土豆色拉端给客人。现在回想起来，那时我到底只是个孩子，怎么能用土豆色拉来做客人的下酒菜呢？

当父亲需要谨慎招待的客人到来的时候，母亲会从小菜开始，一个接一个，有序而巧妙地端上一道又一道菜。在物资匮乏又没钱的情况下，竟然能做出那么多菜，我实在佩服母亲。好像客人也非常钦佩，还赞扬了母亲。我就听到过好几次，父亲高兴地对母亲说："客人夸奖了你的手艺呢。"俗话说："捧一捧，猪也能上树。"在什么地方吃了什么东西以后，父亲也会动脑筋，出各种各样的主意，告诉母亲哪道菜该如何如何做。有时顺利的话，母亲一试就能做出那道菜，但有时形势也会急转直下，突然陷入夫妻斗嘴的局面。"哦，是吗？你把食材给我拿到这儿来，只要有钱，我什么都会做。""我说的是这道菜该如何构思和设计！"

每天晚饭的时候，父亲肯定都会对我们进行训示。婴儿还在饭桌旁呢，真不知道他是在对着谁说。

"人会仅仅因为小指弯曲而不远千里去找人医治，但心术不正之徒纵然隔壁有人能医，也不会去。"

"不能相信铅字。文字一旦变成铅字，人就容易认为那是正确的。”

“并非读很多书才能成为专家。有的人一辈子只读了十二本书，但还是被人们称为专家。”

接下来，他又开始讲一些大道理，我耳朵都快听出茧子来了。

我和弟弟一心一意只顾吃饭。

母亲也没有对父亲的比喻或抽象理论表现出丝毫兴趣。也许对母亲来说，眼前有的只有现实。

有一天，父亲说：“你们觉得，眼睛看不见和耳朵听不见相比，哪个更好一些？”话音刚落母亲就说了：“那还用说，肯定是耳朵听不见更好一些。”“我认为眼睛看不见更好一些。想象力因声音而生。没有想象力，人也就完了。”“胡说八道！”母亲这样的话若是放在今日，肯定会遭到人权组织猛烈围攻的。我和弟弟悄悄地把饭碗拿到厨房，然后溜回了各自的房间。我们两个都没有说话，耳朵却朝着餐厅竖了起来。

当“反正我就是笨蛋”的声音传来的时候，我想，哎呀，结束啦，于是回到餐厅。母亲和往常一样，圆圆的鼻子哭得通红，用围裙擦着眼睛。

母亲说：“我回娘家去了！”看来，外公可能当时依然健在。

父亲莫名其妙地笑了起来，他走到微微泛黑的门口，穿着木屐摇摇摆摆地出去了。父亲和母亲几乎每顿晚饭后都要吵上一架，讨厌死了，并且在我幼小的心里留下了父亲和母亲根本说不到一起去的印象。

就这样，每天晚上都会吵上一架，可父亲为什么还是不了解母亲呢？说了母亲也不会理解，那为什么还要非说不可呢？

接下来，几乎每次都是，第二天早上，两个人挨着趴在被窝里，亲密地说着、笑着，这时我总会产生自己被愚弄了的感觉。

不知道是在哪里吃到的，父亲传授了一道鲹鱼菜的做法。清水这个地方虽然是一个渔港，但是鱼店里只有时下能够捕到的鱼——鲹鱼、乌贼、青鱼、带鱼、沙丁鱼等。可能是因为当时金枪鱼刺身很贵，所以每次吃刺身的时候都觉得吃了一顿美味佳肴。

在土火炉上烤上很多小鲹鱼，把这些鱼放在一口大锅里，加入酱油和少许白糖，和粗煎茶一起长时间炖煮。熟了以后，鱼骨头变得非常酥软，从鱼头到鱼的脊骨全都能吃。那道菜特别好吃，但是除了在自己家以外，直到现在，我都没有再吃过。父亲可能认为补钙是非常重要的，每次吃这道菜的时候都会说："这道菜用来补钙能打满分。"

不过，说起补钙，有一件事，只要一想起来我就难受得想哭。我家的大酱汤碗里肯定总有那么三根左右的煮干，这些煮干我们必须全部吃掉。我认为没有什么比一点儿味道都没有的煮干更难吃和更令人感到不快的食物了。三年前我家养的那只猫也不吃熬完老汤剩下的煮干。

父亲的牙齿非常结实，油光锃亮，微微泛黄，一颗虫牙也没有。啤酒瓶的瓶盖他一直都是用牙咬开的。

母亲的牙齿则很不好。我认为是理所当然的，因为她生了七个孩子。

可怜的母亲。现在她连一颗牙都没有了，假牙也不需要了。她的嘴唇紧紧地咬紧牙龈，整天都在不停地嚅动着。父亲那副好牙就那样在火葬场里烧掉了。我一直为他那副好牙齿感到惋惜。

在吃到真正的咕咾肉之前，我吃的是用青鱼代替猪肉做的咕咾鱼肉。全家人都很喜欢这道菜。

我们家称之为黄油炸面鱼的菜式是将个头中等的鲹鱼细细地捣碎，然后用油煎，最后浇上放了很多蔬菜的甜醋，这样馅儿就做好了。

是在哪里知道这种做法的呢？是父亲的新创意吗？

过彼岸节[①]的时候，我家一定会做三种糯米饼，每次都

① 分为春彼岸和秋彼岸，各七天，是日本民间祭祖扫墓的日子。应景祭品是一种糯米甜点，在春彼岸时称为“牡丹饼”，到了秋彼岸时称为“御萩”。

会做很多，放在细长的盒子里。

我家做的有小豆馅的糯米饼、黄豆面年糕、黑芝麻面做的黑芝麻饼。女儿节[①]时采来蓬蒿做成菱形糯米饼。我很怀念蓬蒿味道很重的蓬蒿叶糯米饼。

下午吃的点心也是亲手做的。一种是将过滤过的土豆泥用抹布拧干，然后在上面点缀些食用红色素，最后用茶罐儿的盖子印出形状的多纳圈。还有一种叫“薄烧”，就是在面粉里加入白糖，用平底锅煎制而成的食品，做好以后黏黏糊糊的。我长大以后也试着做了一次，结果无论如何都做不出黏黏糊糊的效果。

做咖喱的时候，加入少量的猪肉，为了那些吃不了辣的孩子，还加了面粉糊糊，使之看上去很浓稠，类似于今天的白色乱炖火锅，颜色非常白。大人吃的则是在里面加入了S＆B牌咖喱粉。里面胡萝卜简直多极了。孩子们认为那就是咖喱饭，吃起来特别开心。

握寿司也摆放在了细长的盒子里面。数量最多的是乌贼寿司。金枪鱼被切得难以置信地薄，可以透过去看到芥末。小妹妹管金枪鱼叫红乌贼。有时上面还会放上一些用干的香菇煮的带有甜辣味的东西。

---

① 在日本，三月三日为女儿节。

寿司卷里面放有菠菜、鸡蛋、香菇和粉色的油炸鱼糕，看上去特别粗。我在一旁帮忙，时不时地拿用醋拧过的抹布擦一擦菜刀，后来寿司切卷后剩的边角就给了我。

我此时会想：是因为母亲喜欢我吗？还是她只是想奖赏一下在旁边帮忙的我呢？

至少在做饭的时候她没有吼过我，仿佛我们就是一个心有灵犀的团队一样。

加了沙丁鱼鱼糕的汤汁的做法我自然学会了。

我无论如何都吃不下的东西是青鱼味噌，我看到青鱼的皮晃来晃去地泛着青光就觉得恶心，只把一起煮的牛蒡和味噌汁倒在米饭上一起吃。

在我家，挑食是不行的。弟弟不爱吃牡蛎，只要看到生的牡蛎，他就要忍着强烈的呕吐感。弟弟是光就着咸菜吃的饭吗？我想不起来了。

小妹妹说母亲做的饭团超级好吃。只是抹了盐的饭团好吃，这究竟是怎么一回事呢？要说起来，我做的饭团的确和母亲做的不一样。

结婚以后去丈夫老家的时候，对方问道：“你知道自己要嫁人了，难道还没去料理学校学习吗？”婆婆会做的菜只有放入了猪肉和卷心菜的火锅以及天妇罗。我暗暗窃喜，这下子可以露上两手了！这时我才明白，母亲是一位出色的厨师。虽然我做的菜没有多么华丽，但是真真正正地掌握了基本的家常菜。母亲，这都是托您的福。

昨天有人为母亲喂饭来着。泡在老汤里的菠菜是捣碎了的，煮的鲷鱼、炖得进味儿的萝卜、清汤，都是汤汁和里面的东西分开的，里面放的东西也是捣碎了的，分成很多小碗。母亲把两只手的手指塞到自己嘴里，把喂到嘴里的东西都弄了出来。然后用毛衣去擦自己的手指，接着就“呸，呸”地把嘴里的东西都吐到了给她喂饭的人身上。

“您母亲也有把饭全吃下去的时候。”喂饭的人微笑着对我说。可是我深深地感觉到自己抛弃了母亲。

在痴呆还稍微轻一些的时候，母亲会在盘子里装上牙签，一边递给我一边说：“没什么特别的，请您享用。”有时，她还会将大大的雪饼塞到袜子里，然后放在抽屉里藏起来，还有的时候巧克力吃起来没个够。

我每次都会看放在养老院的佛龛上那张父亲微笑着的照片，他肯定不知道母亲已经痴呆了的事吧。父亲从来没有出轨过。我曾经以为那是理所当然的，后来才知道那是多么难能可贵。

10

昭和二十二年二月，从大连撤退时，日本全国满目疮痍，母亲不知道自己东京老家的家人是否还活着，也不知道牛込柳町的房子是否已经被烧毁了。

父亲去了东京一趟。全家人都没事，房子也还在。父亲说："良子也嫁人了，生了两个孩子。她丈夫看上去相当不错呢。"听完父亲的话，我想母亲总算可以放心了。很快，外公就到父亲的老家来看望我们。我第一次见到外公这个人。说起父亲的父母，他们早已经死了，父亲是他们第七个孩子。所以对我们来说，外公是唯一的老爷爷。我自己在心里任意地想象着外公的样子。

我以为他应该是像志贺直哉[①]那样的人，可是出现在面前的外公长得很像又矮又胖且秃顶的吉田茂[②]，只是比吉田茂

① 志贺直哉（1883—1971），日本作家，被誉为"日本小说之神"。

② 吉田茂（1878—1967），日本政治家。

长得难看。现在想一想，他的嘴唇长得很像松本清张[①]。

不过，外公身上有外公应有的那种慈祥。我想外公肯定在很多年时间里不知道我们是死是活。往北京给我邮寄七五三[②]节日衣服的就是外公，他每个月都给我寄《儿童书》和《幼儿园》等儿童杂志，还给我寄过人偶。有一张照片是哥哥抱着《幼儿园》杂志，我抱着人偶，两个人并排照的，估计就是为了寄给外公才照的吧。外公确实有过被人当成吉田茂的经历，不过我想他可能是因为那酷似松本清张的嘴唇露馅儿的吧。

我记不太清楚了，大概是暑假的时候，母亲曾带着我们去东京。我好像觉得哥哥和小妹妹当时没在，但是当时的婴儿是小妹妹还是大妹妹我无法确定了。在火车里，母亲说："东京家里有生病的亲戚，你们要安静些。"虽然我们还很小，但一提起生病，马上想到的是肺病，所以我当时想象的是脸色苍白而消瘦的一个人躺在被窝里的场景。

那是一个酷热的夏日。牛込柳町的商店街被烧成了一片废墟，所以我们看到的是一排如同小摊一样的商店。在一处

① 松本清张（1909—1992），日本知名推理小说家。松本清张的嘴唇厚肿，下唇尤其凸翘。

② 每年的十一月十五日是日本的"七五三节"。这天，三岁、五岁的男孩和三岁、七岁的女孩会穿上传统和服，跟父母到神社祭拜，祈求身体健康、成长顺利。

挂着遮阳席的冰水饮料店旁边，母亲对我和弟弟说：“一会儿就会有人过来帮拿行李，你们在这里待着，不准动。”然后，她背着婴儿，在热得发白的路上向前走去。

我感觉等了很长时间，甚至以为自己被母亲抛弃了。突然，一个个子很小的女人叉着腿站在我面前大喊道：“你，你就是洋子吗？”然后拿起我们放在地上的行李，大步流星地向前走去。在狭窄的路上，她拐来拐去，走起路来身体前倾，像要扑倒似的，可她连头都没回一次，一句话也没说。她是什么人呢？她给我一种与普通人不同的怪怪的感觉。打开窄道尽头的房子的大门，进了门口，她还是大声喊道：“行李拎来了。”紧接着头也没回，就咚咚咚地上了二楼。

小姨长着一张特别长的脸，个子高高瘦瘦的，不过她和我圆嘟嘟的母亲一眼就能看出来是姐妹。小姨家的两个小表亲在房间里四处奔跑着。

见面的一瞬间，我就觉得我和小姨身上有某种共通之处。

这时，一个长相吓人的男的边呻吟着边出现在我们面前。他长着一张长脸，剃着光头，在那里不停地呻吟着，然后轻盈地一蹦一跳，边跳边说：“呵呵，呵呵。”原来他不会说话。我是第一次见到这样的人。“拿着茶上二楼去吧。”小姨说，把一个绿色的大茶碗塞到他手里，“嘿，这是送你的。”接着给了他两支烟。

那个人又呵呵呵地嘟囔着，乖乖地上了二楼。母亲把脸转了过去，什么也没说。我当时吓了一大跳，有一种类似于恐怖的感觉，眼睛睁得圆圆的。

“别怕，他不会伤害你的。不会把你抓起来吃了的。”

母亲曾经说只有一个妹妹，还说外婆早已经过世了。

母亲所说的生病的人就是刚才这两个人吗?

在餐厅里，只有我和小姨两个人的时候，我问:“那个人是谁? ”

小姨一边吐着烟圈一边说:“你母亲说什么了? ”

“说是亲戚。”

小姨放声大笑:“哦，亲戚?亲戚啊。嗯，是亲戚，那是我的弟弟。刚才帮你们拎行李的希美是我妹妹。”

“这么说就是母亲的弟弟了? ”

“就是啊，姐姐也真是讨厌。”

我大吃一惊。那样的人，我还是头一次见到。

第二天，也可能是第三天，一个身材矮小的穿着和服的年长女性出现在了餐厅。我当时是在外边玩还是在和表弟玩记不清了，但是当时餐厅里的氛围很怪，身材矮小的穿和服的那位阿姨一直在哭。那位阿姨走后，母亲倚靠在客厅旁边的廊檐柱子上，用手指揉着眼睛。

我明白了。那是我的外婆，母亲的母亲。外婆还活着！

我问妹妹："你从母亲嘴里听说过小重和希美是她兄弟姐妹的事吗？"

"没有，后来是无意间知道的。"

"你结婚的时候和山口提过小重他们的事吗？"

"说了呀。"

"没出什么问题吧？"

"他说：'你现在说什么都晚了。'"

"哈哈哈，我啊，结婚之前，母亲非常正式地对我男朋友说：'有一件事我必须事先告诉你一下。'啊，我以为她要提小重他们的事呢，结果她说：'我这个女儿曾经答应过我，说上了大学以后会寄学费给妹妹，所以我才让她上的大学，这个约定请务必遵守。'她根本没说小重他们的事儿。然后我和母亲单独在一起的时候，她说：'什么也不要说，先把婚结了。婚一结，对方就没有办法了。你可千万不能自己主动说出来啊。'"

妹妹说她不记得母亲是否也跟她说过同样的话。

但是，我因为不想隐瞒，也不想说谎，所以自己主动说了。他们到底是天生的还是因为儿时生病才变成那样的，小姨说她也不知道。

我的准新郎过了两天左右跟我说，这个婚结不了。我当时感到一阵眩晕，也可能哭了。

我把他带到了小姨家里。

小姨当着那个男人的面说："洋子，因为这点事就说不愿意的人，你和他结婚也不会幸福的。是谁让你不要结婚的？"

"我父母。"

"啊，是吗？洋子的兄弟姐妹没有一个人像他们那样身体有问题吧？我们家也是，孩子不是也很正常吗？洋子，咱不干了。你父亲还有你姨夫不也和你母亲还有我结婚了吗？不拿这个当回事的人肯定会出现的。"

小姨真是一个了不起的人。我的男朋友被小姨这么一说，低下了脑袋，然后我们结了婚。

"姐，你们都离婚了，当初要是你听小姨的就好了。"

"可不是嘛。"

我是因为怀疑那个病会遗传，所以才主动说出来的，但是当时我的想法是，就算结婚，也完全没有要孩子的打算。其中，有我担心自己是否会像母亲一样，无法去爱自己孩子的因素，还有一个原因是我很享受工作的乐趣。

"可是呢，那个臭老太婆（我这样称呼我的婆婆），一开始因为害怕我有遗传病而反对我们结婚，结了婚又使劲儿催我快要孩子。后来我不是一直没生小孩儿嘛，一见面她就说什么‘你真赶上好时候了，要是以前，儿媳妇结婚三年还没有小孩儿的话早就被赶回娘家去了’。她肯定很想把我轰走。”

“所以，姐，根本和什么遗传没关系，那个臭老太婆就是不喜欢你啊。”“没错，你说得很对。”

在旧海报展览会等场合一看到作为名作流传下来的赤玉葡萄酒的海报我就会想，母亲原来是那个年代的美女啊，真是赶巧了，我的运气不错。海报很简单，画的是胸部微露的丰满可爱的年轻女子手持红酒杯的画面，但是在那个年代，估计哪怕只是露出脖子以下一点点，都是非常性感的吧。虽然母亲与画中女子只是在丰满这一点上类似，但是稍圆的鼻子也不能说不像。

老早以前，还是父亲做高中教师的时候，学生们聚在了我家狭窄的四叠半的房间里。

父亲允许未成年的学生饮酒。学生屡次要求：“老师，讲一讲您和师母轰轰烈烈的恋爱故事吧。”父亲是一个喝完酒以后心情很好的人。他听了以后只是相当受用地浅笑着。这时母亲来了兴致，兴奋地说：“哎哟，真讨厌。我都害羞了。”她略带轻佻的回答，很受学生们的欢迎。那时母亲才三十几岁。

后来我岁数稍大一些以后，母亲非常世故地说过好多次：“最好不要和你最喜欢的人结婚，而应该选择第二喜欢的人。”

“你们那时候是轰轰烈烈的爱情吧？”“可不是吗，我是你父亲从他好朋友那儿横刀夺爱抢来的。”

啊？怎么和夏目漱石的故事一样？

“为什么没有和那个人结婚？”“因为那个人家里条件太好。”

与我所处的年代相比，母亲那个年代应该更看重家世。“我是在尾张町的拐角处，头也不回地和他说分手的。”我认为母亲肯定没对那个人提起过自己家里的情况。

父亲追母亲想必追得很猛烈。

我推测，父亲和母亲没有举办过婚礼。那时正是世界经济危机时期，父亲当上了四国地区的初中老师。当时就业非常困难，据说父亲因为有剑道四段这个附加优势才得到这份工作，而且工资还比其他同事高出十日元。父亲那时有才气，声誉高，写论文还得过几次奖。这些是从比我大的堂姐那里听说的。“我以为他将来铁定会是一名学者，结果由于身体很弱……”身体弱所以精子才会那么强吗？

长大以后，在银座第四条街的拐角处，想到这里就是母亲和曾经的恋人分手的地方，我感慨万千，从当时头也不回地走掉的母亲身上我感受不到什么情感。不过我看到了穿着最时髦的摩登女。母亲真是一个实用主义的女人啊，她的现实判断没有错，我很钦佩。也可能是因为我从没有看过母亲为情所动，所以才会这么想吧。

母亲说：“我从一开始就下定决心要嫁给帝国大学的毕业生。”可是会有那么顺利吗？我觉得那是母亲的虚荣心。最后她得偿所愿了。她还说：“女人嘛，能够让男人向你求婚才是本事哟。”

父亲的字写得特别好。据说他曾经用拼在一起很长的信纸给我外公写了一封求婚信。听说外公只上过小学，不过他一定被父亲深深打动了吧。父亲先行赴任，母亲则带着襁褓中的哥哥坐船来到四国。

堂姐说过：“利一叔叔曾经给宫内厅[①]的侍卫长做过家庭教师，还和那位长官的女儿谈婚论嫁过呢。所有亲戚都笑了，说农民竟然要娶侍卫长的女儿。”我也笑了。

父亲和母亲两个人应该是正好合适。

小姨是一个有情有义的人，也不爱慕虚荣。她嫁给了我的姨夫——比她小四岁，没有什么学历但很善良的一个男人，然后照顾两个弟弟妹妹一辈子。

她主持了我曾外婆和外公的葬礼，还一个人毫无怨言地承担了外公生病期间的看护。

母亲背朝外睡着。

① 日本政府中掌管天皇、皇室及皇宫事务的机构。

我钻进母亲的被窝，抚摩着她的脸蛋儿。“母亲，您真漂亮。年轻的时候好多人追吧？”“还好吧。”我笑了。母亲也笑了。真了不起，还知道恰当地一问一答呢。母亲一边发呆一边说：“我已经没有父亲和母亲了。好可怜啊。不过还有奶奶。我回家一看，那个胖胖的人还在，是谁呢？”

11

我认为自己是不受大人喜欢的孩子，浑身散发着那种不受欢迎的气场。事实上，我的确是一个令人讨厌的孩子。

我曾经把隆从爬藤架上踹下来，也曾经在傍晚天微微暗下来的沙堆里埋了皮球然后回来，因为隆在那之前先把我的皮球扔到了护城河里。我没有向母亲告状的习惯，因为我一告状，她就会凶巴巴地看着我说：“你是不是又干什么坏事了？”与其被她瞪眼，还不如我和隆浑身是泥地干一架呢。

有一次，我朝着围墙的方向倒自行车的时候，我最重要的西服被钉子划破了。我没有去对母亲或者谁说。我很犯难，于是去找雅惠的母亲，并对她说：“对不起，请您帮我修一下衣服吧。”雅惠是一个白皙文静，被母亲当宝贝宠着的孩子。或许我当时就知道，爱女儿的母亲，对女儿的朋友也会很好的道理。

后来，那件事情完了以后，我就开始欺负雅惠。现在我能明白其中的缘由，但是当时就是感到火气很大。雅惠但凡说话，开头必定以又文静又细小的声音说：“我母亲说过……”她也不会做爬树和爬藤架之类的事情，她是个一说话马上就把头低下去的孩子。

在校园里除草的时候她说：“我母亲说过，坏孩子只要在小的时候去掉坏习气，就不会变坏，小草也是一样。”“草芽刚长出来的时候你怎么知道是好是坏呢？”我在心里说道。还有，我最喜欢亲手拔掉长得很大，几乎要倒掉的草的那种快感了。

我考上了初中，雅惠没有考上。一瞬间我感觉好畅快，但是看着同样考上中学的山口君在那里拼命安慰没考上的雅惠，我的内心仿佛打碎了五味瓶。因为我喜欢山口君。

录取通知发下来的时候，我满头大汗地飞奔到家里。“我考上了！”母亲在洗碗，没有看我。“你不是说只是考考看吗？去了那种地方只会让你更加狂妄自大。”

因为是大学的附属中学，所以并不要花很多钱，但是就连父亲也不赞成我去上学。别人家也许正在做红豆糯米饭庆祝，可我家吃晚饭的时候，只有我在那里耷拉着脑袋。

对自己不利的事，我都忘了。其实那时我并没有拼命地喊着要上学，我要上学，是因为自己要说到做到吧。或许，我曾经承诺了很多根本做不到的事情。但有时我的倔强连自己都佩服。我究竟倔强到多么难以应付，我一个都想不起来。我认为人一生的记忆，只会留下对自己有利的部分。

我入学了。十三岁的叛逆期，很快就全面展开了。

我根本想不起来具体讨厌母亲什么。我想一定是看她什么都不顺眼，闻到母亲的气味就来气。飘浮在脂粉气味中的“母亲”这种东西的体臭、宽阔的后背和如同碾子一般的屁股尤其令人厌恶。不管我说什么，她都会立刻来上一句“没那回事”，那种如同用瓦片去用力击打你一般的语气、让我们闭嘴的粗暴行为也无穷无尽地用在妹妹和弟弟身上。我只能想起这些。可是，叛逆期没有一天休止过。我上了高中叛逆期也没有结束。

就这样，我成了在家里一言不发的人，我也成了加害者。

似乎直到十八岁，我都没有好好开过口。据说比我小八岁的妹妹非常受不了当时满脸不快的我。

聪明伶俐的二女儿以我为反面教材，学乖了。等我发觉的时候，母亲很中意妹妹，而妹妹则在母亲眼睛顾不到的地方自由地做自己想做的事情。她也很得父亲的欢喜，因为她很会讨人喜欢。“你这丫头倒和母亲真像。”我是在说她们相似的长相吗?

据说母亲每次看到二女儿的时候都会像念经一样地说：“你可别变得像洋子那样。”

于是，我把比我小十二岁的小妹妹当成宠物一般把玩。无论去哪儿我都会把她放在自行车上。只要一下雨，我就会逃掉下午的课，打着伞去幼儿园接妹妹。我在她的毛衣上和连衣裙上绣满了图案，甚至帮她做了幼儿园郊游时带的盒饭。可惜她什么都没记住。她只记得两件事，一件是在自行车上把我装了二百四十日元的钱包弄丢了，另一件是坐在车后座上把脚插进了车条里但自己没有马上发现，后来疼得要死。

人，原本就不正确。

高三以后，为了考大学，我常去东京。

外公已经不在了。

我逐渐习惯了只会说“嘿嘿”的小重和很少说话、走起路来咚咚作响的希美。

小姨对我说：“洋子，你干得真不错。由美子保护着小重，太郎庇护着希美。”小姨家里充满了不同于我家的氛围。姨夫会把谁见到都会回头看上一眼的小重带到公共浴池，为他冲洗全身。

小重不会说话，但是偶尔会发怒。他嘴里流着口水，一边哭一边玩儿命地拽自己的耳朵。上小学四年级的由美子马上把茶倒进碗里跑过去说：“你看你看，这儿有茶，喝点茶。”有时这样小重就会安静下来，也有安静不下来的时候。小重更加使劲儿地“嗷嗷”叫喊着，用他的蛮力揪自己的耳朵，血从他的耳根那里滴滴答答地流了下来。姨夫紧紧搂住他，如同柔道的擒拿动作一般把他放倒在榻榻米上，然后骑在他身上一会儿。姨夫会大声喊道：“小重，不许这样！”但是那喊声里面让人感觉不到丝毫的愤怒和憎恨，我被深深地打动了。

对姨夫来说，小重可只是一个外人。

我正要一边喝茶一边吃点心什么的时候，还是小太郎想着希美，他说：“希美的点心在哪里？”

我曾经问过小姨：“你出嫁的时候为什么没有离开家里？”“如果我走了，谁来照顾小重和希美啊？”“我母亲不是大女儿吗？”“这么说也许不合适，不是正赶上你父亲去世了吗？”可是，我知道：外公去世的时候，父亲刚说一句“他们两个当中，咱家必须收留一个”，母亲就立刻喊了起来：“我可不干！”然后赶巧，我的父亲就去世了。

小重和希美两个人的名字出现在我家的谈话中，只有那么一次。母亲嘴里从来没有说过他们两个人的名字。

我给渡边老师的夫人打了个电话。老师是五年前去世的。夫人的信写着我母亲收，邮寄到了养老院。此时，母亲已经卧床不起，什么都不知道了。

渡边老师也是先痴呆后去世的。老师的夫人已经八十多岁了，她说，她用了五年时间才算接受了丈夫去世这一事实。我很早以前就觉得他们夫妻就像与谢野铁干[①]和与谢野晶子夫妻一样。那对夫妻不是夫妻，而是一辈子的恋人。

老师新婚不久就奔赴前线，他从战场寄回来一首诗："游子念母哭泣时，黑发人心亦痛乎。"夫人给老师回的诗是："彻夜念母之叹息，唯吾温柔大丈夫。"

夫人是一辈子的文学少女，永远都是大阪市船场地区的大小姐。

我最后一次去看望他的时候，老师说："洋子，我的脑袋糊涂啦。"夫人将食指放在白皙的脸上，一边目不转睛地望着老师一边说："以前无论什么事情，我都一直让藤男做决定，现在真的有些不知所措。我已经习惯了，一有什么事情，马上喊'藤男'，已经改不了了。"我无言以对，但从他们身上感受到了世间的美好。

从小我就特别喜欢老师的夫人。有一年年底，夫人用年终奖买了三双白色皮革长靴。当时这样的东西真的是非常稀有。一双男靴，一双女靴，还有一双是儿童靴，并排放着，

---

① 与谢野铁干（1873—1935）和与谢野晶子（1878—1942），明治至昭和时期的诗人夫妻。

那幅场景真美！当然，那份年终奖也就全用光了。

母亲的实用主义让我无语，所以我一直说她“这也不对，那也不好”，可是那时的我对老师的夫人产生了好感。

“这也不对，那也不好”的母亲用微薄的年终奖给每个孩子都买了一件新内衣，把旧毛衣拆了重新织，给每个孩子都准备了新年穿的衣服。除夕夜我们吃到了荞麦面，过年的饭菜整整齐齐地摆放在了大盘子里。

无论母亲打孩子时多么狠，她料理家务的能力却是非常出色的。我尽管一个劲儿地说母亲“这也不对，那也不好”，但我无论是做菜还是织、缝衣物的技术，都是在母亲身边时学会的。

渡边老师的夫人三重子女士于二〇〇四年出版了《一九四〇——渡边藤男战前日记》一书。我从没有见过境界如此高的恩爱夫妻。三重子女士的地址写的是东京的养老院。

“我是被孩子们送进来的。不管我怎么说不愿意，他们连听都不听。我是真的讨厌这种地方。这里实在无聊透顶。时间被分成一小块一小块，下午茶啦，吃饭啦，折纸游戏啦，唱童谣啦。我又不是孩子，这么一弄非傻了不可。”

现在回想起来，母亲也是被我哄骗着送进来的。母亲非常听话，真让人心痛。

回想母亲当初刚住进来不久，我离开的时候，她就一直站在门口，笑着挥手和我告别……我好难过。不管过了多少年，我都无法否认自己抛弃了母亲。

三重子女士鼓励我说："我会加油的，即便是在这种地方。洋子你也要加油啊！"然后电话就挂了。八十六岁了，对文学的热爱仍在熊熊燃烧。我想到，那三双并排摆放的白色长靴原本就是文学。

八十六岁左右的时候，母亲把雪饼塞进了钱包里。厕所手纸从三面梳妆镜的抽屉里滚了出来。我明明说了"别送了"，可她还是拖着两条腿，抓着我的胳膊，嘴里说着"没事，没事"，送我到门口，然后挥手和我道别。

今天母亲也是背朝外睡着。

我在那里呆呆地伫立了许久。

三面梳妆镜里面已经什么都没有了，空无一物，只有淡淡的脂粉香味。如今母亲的脑海中也像三面梳妆镜的抽屉一样空了吗？

12

复读期间和大学四年我在小姨家里离开又回来，然后又离开。

在大学宿舍住了两年左右吧，朋友总来我的宿舍，我也总是待在她的房间。有一次，我的仿天鹅绒的棉夹克不见了，结果在路上看到朋友身上正穿着，她说："我借来穿两天。"可能我也干过同样的事情吧。我想，是该把心收回来有点紧张感了，就去了小姨家里，信誓旦旦地说："我要用功学习了。"

小姨钦佩地说："你这丫头，真了不起啊！不过你要和小重他们睡在同一个房间里。"三个人睡在一个六叠的房间里，有一种异样的气味，不过很快我就习惯了。人什么都能适应。

姨夫是一家水产公司的工薪族，一上捕鲸船就半年左右不在家，小姨或许是想放松心情，或许也想把我这个姑且已经长大了的人当成聊天的对象。我记得和小姨生活在一起的时候真的没少说话。我非常喜欢小姨，因为我知道小姨对家人和他人都很好，同时我们也脾气相投。

小姨身上还有一点儿痞气。她用烟袋敲打着四条腿的小餐桌，说："你在那里坐下。"我吓得差点儿跳起来。她对我进行了怎样的说教我已经不记得了。过了好长时间以后，小姨说："对你进行说教可真是有意思，你耷拉着脑袋说对不起。哎呀，你当时特别乖。"啊？说我乖？我不免有些吃惊。我和母亲对着干，倔强得不得了。我自己从没有想过自己很乖。

母亲有一段时间经常来东京。母亲从来到走都是一副客人的架势。我和小姨在厨房里一边干活儿一边偷偷地说："凭什么她就能往那儿一坐要威风？""哈哈，她地位高嘛，人家是大女儿。"小姨是一个很爱笑的人。

晚饭的时候，全家人集中到餐厅。母亲对小姨说："喂，你把这几个人赶到一边儿去，他们在这儿饭吃起来都不香了。"我惊呆了，不过小姨笑着说："你们到厨房去吃吧。"少言寡语的希美睁大眼睛瞪着我母亲，站了起来。

对于母亲来说，弱智的妹妹和弟弟是什么呢？她来了也从不和他们两个人打招呼。她这个人身上没有感情这种东西吗？相比之下，小姨是一个有情有义的人。

我不是讨厌她是我母亲，而是讨厌她的为人。

好几次，我对小姨说：“为什么不和她绝交？她做得也太过分了。”“我也曾经非常生气，可是，我不是就这么一个姐姐吗？你看，他们两个又是这个样子。”“小姨，你不感到气愤吗？”“我也气愤过。这种时候啊，我就一边在神佛面前念经一边念叨‘我没有姐姐’‘我没有姐姐’。”我想：小姨也许一次都没有冲着母亲说过类似责难的话，也没有和她吵过架。

姨夫是上班族，不调职就无法升迁，但是他全部拒绝了。一是公司宿舍太小，二是对公司的人也不好。姨夫也从来没对母亲发过半句牢骚。

后来，姨夫还是被调到大阪工作，小姨把重症的小重送进了位于千叶的福利机构里。送进去后不久，我就开车带着小姨去了千叶。我们一个月必定从大阪去一次东京，到小重那里去。每去一次，临走的时候小姨都会哭，因为小重一动不动，直直地站在那里，直到看不见我们的车为止。

人总会适应。没过多久，小重就有了很多朋友，有的智障者还成了小重的看护员。小姨去的时候，小重会一直高兴地跟在朋友后面，我们临走的时候也会高兴地对我们笑。

小姨笑着说：“钱还是很管用的啊。”我想她应该也放心了。但即便是这样，小姨还是每个月坚持从大阪来看小重一次。一直到小重前年去世为止。小姨已经八十多岁了。

母亲真的糊涂了，如今已经什么都不知道了。

说不定她成了比有重度认知障碍的小重还要严重的病人。

因为小重喜欢茶和香烟，所以小姨去看望他的时候每次必定带这两样礼物。小重一边嘿嘿地笑着，一边拍手，这时，自愿担当小重看护员的那个朋友会从小姨手里接过东西，仔细地收到壁橱的一个角落，然后对小重说："放这里了，这里，小重。每天只抽三根啊。"我也说不清楚，说不定，如果从小的时候起小重就过这种集体生活或许他会更幸福。小姨大声地笑着，然后每次都会轻轻哭泣。

我一放假回到家就追问母亲："你为什么不去看他？"

母亲一句话都没回答我。她很巧妙地无视了我。虽然这样，我记得我仍然穷追不舍。

有一次，她说过一次："良子，你是个傻瓜！"我顿时无语了。

一直到前年小重去世，母亲只去看过他两次。

第一次的时候，估计小重已经住进那家机构十五六年了吧。我当时已经结婚，并且有了孩子。

母亲是和小姨一起去的，然后回到了我家。母亲一边脱和服一边像小孩对父母说话似的对我大喊大叫："我可是去看过他了啊！"原来是嫌我啰唆才去的啊。这个人对弟弟只有厌恶，哪怕是一点点人情味都没有。

第二次距离第一次有十年左右，当时小姨对我说："在车站，姐姐说：'我有言在先，这可是最后一次。'"然后放声大笑起来。"我真的很惊讶。"小姨轻吐了一口香烟的烟雾，然后就那样看着烟雾。"嗯……"我也吃了一惊，索性倒在榻榻米上，看着天棚。

"小姨，外公和外婆他们，有谁和我母亲很像吗？""哪儿有啊。你外公很重感情，还有，他可是很喜欢我姐姐的。""那么，私奔的外婆呢？""她虽然做了蠢事，但还是一个好人。""真不知道我母亲为什么会变成那样。""搞不懂，或许是天生的吧。""小时候也那样？""是啊，小重小的时候，在外面大便了，附近的孩子就来告诉我们。可是姐姐呢，她只会命令我去，自己一次都没去过。""凭什么母亲说什么小姨就要做什么呀？""因为人家是大女儿嘛，所以当然架子大了。"小姨大笑起来。"为什么母亲结婚以后要离开家里？""因为她一直说非东大毕业的人不嫁，紧接着不是真的把东大毕业的人领来了嘛。后来又去了中国。""父亲怎么会看上母亲呢？""因为胸部大呀，姐姐走路的时候可是一颤一颤的呢。"

小姨太粗俗了。小姨很瘦，个子高高的，乳房看上去就像是紧紧地贴在胸脯上一样。"小姨为什么会嫁给姨夫？""因为我想，这个人肯定能够帮我照看小重和希美。我认为他是一个特别善良的人。”“他果然就是这样的人。”“可是，你看，在那个方面，出轨了哟。”“就一次，有什么大不了的啊？”“哎呀，洋子，你是这样一个人啊。就算是一次，我也不会原谅他。一辈子都不会。”

小姨人特别好，我一带朋友去，她就会对我的朋友说：“吃完饭再走吧。”在厨房里她对我说：“你看，我要额外再做一个人的饭，所以你来拍这个吧。”我就开始用啤酒瓶拍打猪排肉，这时小姨笑着说：“你拍得也太重啦，你看看，这还能分出来是纸还是猪肉吗？”我好开心。

走起路来慢腾腾的希美有时也会出于什么原因变得很

倔。“真是的，不管你用什么法子，她就是在那儿一动不动，也不说话。”小姨真的不容易。

“可是呢，你仔细看着她，跟她说：‘希美，你这么不听话，我可要把你送到姐姐那儿去了。’”希美的眼睛里顿时露出了恐惧，然后条件反射似的立刻站了起来。小姨一边说着，一边捅了捅我，大声地笑着说：“是吧，这一招最管用！”我感觉很奇怪，心智发育迟缓的人反倒更能明白我母亲的无情吗？

“外公不知道母亲的这种性格吗？”外公因为得了胃癌，六十岁就去世了。小姨每天一个人去医院，一直把他照顾到最后。外公手术以后，一年左右就去世了。母亲去看望过他一次，不过那时外公已经处于病危状态，没有意识了。

“外公临终时说了一句‘静子白养了’。”我那长着松本清张一样的嘴的外公啊，您好可怜。

母亲是不是连自己的父亲也没有爱过呢?

可是，母亲知道我和小姨黏在一起说一些不跟她说的事情，或者说一些搞笑的事情的时候，她什么都不说。若是我站在母亲的立场的话，肯定会感到很不快，而且会说一些嫉妒和挖苦的话。但她从来都没说过。

母亲或许一次都没有对小姨说过感谢的话，也没有为自己将所有责任都推给小姨而说过对不起。但我不认为她心里没有这么想过。

有一次，什么时候来着，她曾经说过:“好，好，我反正是要入地狱的，良子你会上天堂。”

母亲是一个不向任何人说“谢谢”和“对不起”的人。

和父亲吵起架来，父亲吼着说:“赶快道歉!”母亲说:“我已经道过歉了啊。”“你什么时候道的歉?”“我刚才不是说过‘这样啊’了吗?”“日语里没这种道歉的说法!”父亲再次怒吼起来。

“对不起”也好，“谢谢”也好，不知道是因为说起来不顺口还是在人生的初期就丧失了说“对不起”和“谢谢”的机会，母亲从未说过，难道是被盖子堵住了吗?还是她对任何事情都不抱有感谢和赎罪的心情？再或者是因为她认为说“谢谢”和“对不起”就是向人认输？她的自尊心如此强吗？

母亲不会说“对不起”，而是上来先嚷一句“没那回事”，完全不听别人在说什么。

随着我的年龄从三十岁增长到五十岁，母亲的年龄从五十岁增长到七十岁，整个日本在经济上开始富裕起来。

母亲定居在清水，三个女儿生活在东京和关西，各自都有了伴侣和孩子，彼此之间也不再争执，生活得很安稳。

母亲的穿着整洁得体，她每次都会仔细地化好妆，虽然上了年纪，但比实际年龄年轻得多，谁见了都会由衷地赞赏。每到这个时候，她都会装腔作势地捂着嘴笑，看上去非常开心。

在母亲六十多岁快到七十岁的时候，我曾经又跟她提起过一次小重和希美的事。“母亲，有必要感到那么羞耻吗？有很多家庭里都有这样的亲人。你看看大江健三郎[①]。”话音刚落，母亲就嚷了起来：“那只是一桩买卖！”我吓了一大跳。

---

① 大江健三郎（1935— ），日本小说家，曾荣获诺贝尔文学奖。他的儿子出生时头盖骨异常，因而智力低下。

13

有一首儿歌唱道:“哪里着火了? 牛込着火了。”这一传统似乎源于江户时代。小姨家附近有一家有小便气味的电影院。那是一个有第二东映[①]的时代。我和小姨常去那家有小便气味的电影院。小姨喜欢名叫大川桥藏的演员,她说:“因为他的眼神很性感。”她还喜欢市川雷藏。

我记得好像大川桥藏演过消防员,是一个流氓同时也是一个消防队员。剧中,一个部下跑进来说:“着火啦!”“哪里?”“牛込!”看到这里,整个电影院里的人哄堂大笑。因为这家电影院就位于牛込的最中央。后来牛込真的着火了。烧了三十九座房子。那是二月的一个星期天的中午。

那时小姨和我正在做零活,往纸板上面贴布。现在我也还想得起蓝色棉布花纹。“着火啦!”上小学的表弟太郎飞

---

① 隶属东映电影公司,不只拍摄电影,也有自己的直营电影院。

跑着进来。同时，招我们来做零活的那位叔叔没脱鞋就冲进来，一声不吭抱起了干零活用的原材料。

我吓坏了，正准备上二楼，寄宿在二楼的早稻田研究生院的学生像子弹一样蹿了进来，进大门以前就开始声嘶力竭地吼着“论文！论文！”然后冲进了自己的房间。

我上了二楼。火已经直逼过来，距离这房子只有四座房子左右。我感觉到脸很烫。第二天是我第一次没考上的那所大学招生考试的日子。我拿上全部考试用具，因为考的是美术学校，所以不是铅笔、橡皮之类就够了的，东西体积很大。我正要往下运东西，这时竖着眼睛的小姨把我喊住了：

“你看你，光顾着自己！那些东西过后再说！”然后，她就把被子盖在了我的身上。

可是我并没有放弃自己的未来。

大火在隔壁的隔壁那座房子熄灭了。为了防止火势蔓延，隔壁那家前面的房子被消防队拆掉了。虽说这里是牛込，烧了三十九座房子，也算是很大的火灾了。

我用水桶往二层屋檐的瓦片上浇水，“噗”地一下起了热气，瓦片变得白花花的，没有一点水的痕迹。所幸没事，这场火灾也就成了大家的谈资。

平时总是噘着樱桃小嘴，很注重打扮的药店老板的夫人前来帮忙，爬到房顶的时候还是一身和服的打扮，小腿完全露在了外面。事后想想就很好笑。

完全不认识的一位叔叔冲了进来，一个人把冰箱扛了下去。我心想：这是谁啊？家里弄得到处是泥，那个研究生、我和表妹擦着榻榻米，都笑了。

我从那位招我们干零活的老板没脱鞋就冲进来这件事中学到了一个道理，比起自己家的事情来，工作才是重要的。我从那个研究生大喊着“论文！论文！”并奋力去救的行动当中，明白了什么才是最重要的。

可是，小姨把我第二天的考试说成“光顾着自己”的事让我心里疙疙瘩瘩的。

小姨若是对自己的孩子，会怎样呢？比起身为外人的我的将来来说，扔在床单上的旧鞋子更重要吗？还是只是当时太亢奋了？

在我小的时候，曾经有一次，被命令帮着干什么。因为讨厌母亲，所以我一边帮忙一边说：“我，刚才和朋友约好要一起玩儿的，不过，还是算了。”于是母亲说道：“去吧，答应了的事情就要遵守。”

那时，表妹上中学，学校布置了暑假里画画的作业。

小姨跟我说：“洋子，你帮由美子把她的画画了吧。”我说：“由美子画好的我可以帮她改。”

由美子的调色板崭新雪白。我对她说：“看，把颜料充分挤出来，全部挤出来。”“啊？调色板会弄脏的。”我吃了一惊，对她说：“画完了告诉我一声。”然后就不管她了。

就这样，到了晚上，我被小姨叫了过去。小姨说：“你在那儿坐下。我不是跟你说让你帮她画的吗？为什么不按我说的去做？”“因为我来画的话就不是由美子的画了，而且中学生画的画，画得太好会露馅儿的，所以才决定只帮她改的。”“不用说那么多。由美子的美术成绩不好，你帮她画一点儿就好，为什么不能呢？”我没有说话。怎么能说这种没有道理的话呢？我继续沉默。

“你要固执到什么时候？”

接下来的事情我就不记得了。我只记得自己一个人哭来着，大概是给她画了吧。小姨头脑里没有社会这样一种认识，不问世事，只知道全心全意爱自己的家人，而且其中完全没有一点点恶意。

我回想起，那时小妹妹不写暑假作业，作业后来堆成了山，结果我的大妹妹卖力地帮她做练习册，我则帮她编日记，虽然小妹妹也有按我说的写字或干什么，但母亲还是会用粗暴的声音吼道：“让她自己做！”

我的叛逆期极其漫长。有一次母亲边哭边说：“我到底哪儿做得不对啊？”我只说了一句：“因为你不温柔。”母亲沉默了。母亲当时的沉默我记得极其清晰。因为但凡谁说了什么，母亲都会从“没那回事”开始接着往下说的，一辈子都是这样。她的这一点遗传给了我们。大妹妹不说“没那回事”，代之以强硬的“你说得不对”，我则是说“那是因为……”现在也还在说，我们两个都是。

父亲有一个毛病，一喝酒就带人回来。即使不醉也喜欢与人在一起。在北京的时候，他曾经蹲在一个乞丐旁边与他聊天。中秋节的时候，我家的院子里聚集了很多人，父亲和客人一边饮酒一边抬起下巴赏月。

撤退回国，父亲当了高中老师以后，喜欢在学生来玩的时候让未成年的学生喝酒，并一起讨论一些话题。他的教师同事也来我家喝酒，有时以前的朋友也会大老远来我家喝酒。

这种时候，无论何时，母亲都会下厨做菜，高高兴兴地坐在同一桌与大家一起欢笑。最过分的是，有时父亲会在大半夜把喝醉了的人带到家里来。即使已经睡下了，母亲也会马上起床，端出酒来，陪着父亲醉酒的朋友。母亲从来没有为了这种事情对父亲发过一次牢骚。

父亲一直在讲一些崇高的理想和哲学。最后，用我不知道的什么语唱起了《国际歌》，渡边老师则用德语唱起了《菩提树》。

我认为父亲是很明显的左翼，但是母亲可没有受到左翼的影响。她是执迷不悟的现实主义者。她才不会去做一些抽象的议论什么的，只是高高兴兴为醉酒者准备好酒，然后用家里正好有的食材手艺高超地做上几个下酒菜。

有一次，一个喝醉了的学生说了句："老师的家真是理想的家庭啊！"我在隔壁房间（虽然只有隔壁这一间）听到以后，感到很意外。因为精神正常的父亲和母亲每天晚上都会吵上一架。我上了中学以后，屡次想过：这么说不到一块儿的夫妻，离了岂不是更好？

然后我就会想：要是他们离婚了，我一定要照顾父亲，因为我喜欢父亲。

不过，母亲在父亲回家之前，哪怕是正在准备着晚饭，也会在梳妆台前往脸上连续拍一些脂粉，往嘴唇上抹口红，然后抿嘴"嗯嘛"一下。虽然那时很穷，但是母亲的装束打扮是一丝不苟的，无论是在泡完澡以后半裸着身子在家里，抑或是外出的时候，都从来没有弄得松松垮垮不成样子。

有一次，母亲做了一件大衣。看了以后，父亲说："这是什么呀？简直和花斑熊一个样。"于是两人又吵起来了，母亲把鼻子都哭红了。

母亲就是看到每天都穿和服的人穿得不成样子，也会用尽所有词汇鄙视地说："你看她那和服挽的，总是歪歪扭扭的，连里面都露出来了。"看到有人家里没收拾干净她就会凭这一点全盘否定那个人的整个人格，在背后说人家的坏话。

虽然我们住的长排房子又破又旧，但母亲会非常自豪地说："都说我家就像没有小孩儿一样，那是收拾得干净的缘故。"事实的确如此。母亲非常擅长收拾和整理东西，柜子里面所有物品都是叠好了摆放的。母亲是一位很能干的主妇。我想她在钱的筹措方面也很擅长。

因为父亲换了工作地点，我家从静冈搬到清水，从长排房子搬到独栋房子的时候，父亲说过："你也学上一样本事，要能比得上别人。"听了这话，母亲马上就开始学习草月流的插花。母亲是非常认真的，还非常顺利地取得了技能资格证书。

这个人难道不够优秀吗？我曾经问过小姨："母亲从前学习好吗？""好啊，所以你外公很喜欢她并供她上了好学校啊！"

我寄宿在小姨家里以后才发觉，小姨家里从没有来过客人。姨夫每天都是一分不差地在同一时间回到家里。我和小姨做晚饭的时候，小姨回头看了一眼时钟，然后说："看着，再过一分钟，你姨夫就要回来了。"因为从厨房可以看到胡同。过了一分钟，姨夫真的在胡同里出现了。"你看看，是吧？"小姨哈哈大笑，我却着实吃了一惊。

或许是因为姨夫不喝酒吧，姨夫的朋友我一个都不认识。还是因为家里有小重和希美？我想是因为姨夫不需要朋友。

对于姨夫来说，小姨和家人就是他的全部。将一家人聚拢在一起的是小姨，我想姨夫是真的很爱小姨。有一年夏天，小姨穿着一套洁白的套装，站在那里吸烟。小姨和我母亲不同，她个子高挑但身材苗条，所以四十岁的小姨看起来实在太帅了。

“小姨，真漂亮！很适合你穿。”听我这么一说，小姨说：“你姨夫啊，你姨夫他特别好面子，真拿他没辙。是他把头贴在榻榻米上求我穿这件套装，我才穿的。真是的。”然后小姨背上绿色的肩挎包，他们两个人就去看电影了。

那时小姨和姨夫经常去看电影。小姨很喜欢格利高里·派克，所以我想他们去看的是好莱坞电影。因为去附近的第二东映电影院时穿的都是木屐，所以我想那次他们去的不是那里，而是新宿，这在我家是不可想象的。

在我还是中学生的时候，曾经有一次，父亲一边翻着晚报一边冒出一句话：“什么‘壮哉！人生’啊？分明应该是‘苦哉！人生’嘛。”我一看，原来父亲在看电影的广告。父亲不认可娱乐这种东西吗？

母亲一直很羡慕小姨。母亲好像很喜欢加里·库柏，她曾经提过“外国人部队”[①]的事情。父亲说：“简直荒谬！在沙漠里光脚走路？！会烫死人的！”莫非他们两个去看过？

长大以后，妹妹问我：“姐姐，你希望由小姨还是母亲抚养长大？”“不好意思，我选母亲。如果由小姨来养大的话，我就会变得和烤鲷鱼中的鲷鱼一样。或许就是那句话——‘虽然不想在遭人厌恶中活太久，但总比被人疼爱着死去强’吧。小姨家的孩子都没有经历过叛逆期，一辈子都是小姨听话的孩子。”

母亲已经糊涂了。

“母亲，您是跟谁结的婚啊？”

“我才没结过什么婚呢。”

“那么您认识佐野利一吗？”

“他是什么人？”

“那是您的丈夫啊。”

“哎呀，是吗？是我的丈夫吗？原来是这样啊！”

我一笑，母亲也高兴地放声大笑起来。

“母亲，您生了几个孩子啊？”

① 指电影《骑兵指挥官》(*Beau Sabreur*)。

“这个嘛，我没生几个的。”

明明生了七个，死了三个的。

“有男孩儿吗？”

“我想没有。”

母亲曾经那么爱哥哥，现在却……那种悲痛也忘却了吗？消失了吗？莫非人就是这样，无法长时间承受痛苦吗？

我和母亲，只有在母亲变成了母亲以外的另一个人的时候，才终于可以进行一些温馨的对话。

对于正常的母亲，我从没有喜欢过，总是激烈地与她对抗。母亲曾经为此大声叫嚷和哭泣过，我每次都会很后悔。就如同母亲没有说过“对不起”和“谢谢”一样，我也一次都没有对母亲说过“对不起”和“谢谢”。现在才发觉，我对母亲以外的人频繁地使用“对不起”和“谢谢”，每次都以母亲为反面教材，可是我唯独没对自己的母亲说过。

在十八岁的时候我曾经离开家住进女子宿舍。一到晚上，朋友就会用浴巾捂着脸哭着到我的房间里说：“我想回家，我想我母亲了。”很多孩子都很想家。那时看着她们，我简直就像是在看从未见过的罕见事物一样，感觉很新鲜。

妹妹曾经问过我：“姐姐，你有想家的时候吗？”“完全没有。”“我也是。我好想体会一下想家的感觉啊，哪怕一次也好。”

可怜的母亲，可怜的我们。人生啊，察觉的时候总是已经来不及了。

14

“母亲，您记得照子吗？”

“她是谁啊？”

母亲第一个忘记的就是照子。母亲的大脑将自己最想要忘记的人巧妙地忘记了。太好了，母亲。当时我在心底暗暗地想。

“洋子是一个什么样的人？”

我一问，母亲说：“她呀，说话难听，是一个有责任感的可以信赖的孩子。”

“那么道子呢？”

“她是一个自私的孩子。”

“正子呢？”

“她是一个不成器的孩子。”

母亲，这是您的真心话，还是您在说谎？

对于道子和正子，母亲或许只是顺口对她们做了不同的评价。虽然已经糊涂了，但是自我保护的本领作为本能还是保留了下来。

“母亲生了几个孩子？”

“哎呀，我没有生过什么孩子。”

从学校毕业那一年的十月，我结婚了。

是我自己做的决定，对方的父母非常反对，但是我根本不在乎。我是在定下来以后告诉母亲的。母亲哭着说：“你竟然也不和父母说一声。”说我不孝顺说了很多遍。我就那样无动于衷地看着哭泣的母亲。

朋友二十岁生日的时候说要庆祝一下，把我叫到了她家。我当时也是二十岁，我才知道：原来有的家里会为到了二十岁的孩子庆祝啊。我的心情十分复杂。朋友是一个超级漂亮的人，就像欧洲人一样，个子很高。那天只有我是外人。我记得她是一个极其普通的中产阶级家庭的女儿，她有一个看上去性格很好正在上著名大学的哥哥，加上她的父母，一共四口人。

朋友在举杯庆祝之前致辞说：“感谢父亲母亲将我抚养成人，没有让我受过一点儿苦。我能在一个良好家庭里成长，真的很幸福。今后也请你们多多关照！”她的声音中带着哭腔。她的母亲也眼中噙着泪水说：“你从来没有让我们受过累，你能平平安安地长大，我们才应该说谢谢。”我难道是在看电影？身材高大的她，性格温和、诚实，看上去并不像是在演戏。然后大家一起干了杯。那顿饭吃得温馨而热闹。我感到很吃惊。一般家庭都是这样的吗？除了我家以外，别人家都是这样吗？所谓的成长条件不好，就是指我这种人吗？那个朋友告诉父母自己要结婚的消息时应该不会像我这样吧。

我第一次把结婚对象带给母亲看的时候，母亲展现出擅长交际和为人开朗的形象。男朋友起身去洗手间的时候，母亲说了一句："鼻子可真大啊。"她的感想就这么一句。

不过，该说的话，母亲可是都说了。"我要告诉你一件事，我这个女儿曾经答应过要为下面的妹妹出学费。"我虽然已经工作了，不过我们两个的工资都只有一万三千日元。

我婆婆说了很多诸如"做媳妇的出去工作让人感到羞耻""从没听说过有谁家媳妇嫁人的功课没做就嫁过来了"之类的话，对此我置若罔闻。

后来由于分别住在东京和清水，我和母亲之间还算相安无事。

比起母亲来，与婆婆的相处才是真的困难。尽管她和其他婆婆一样欺负儿媳妇，不过我并没有被吓到，只是笑着不回应罢了。

听说婆婆曾经到过我家，在我母亲面前哭诉："我儿子原本什么家庭的大小姐都能娶得到的，没想到……”我听了以后付之一笑，不过我感觉到了母亲的失望。

不过，所谓的年轻，真的是非常任性，只顾着想自己的事情。

后来不知不觉间，母亲盖起了房子。我由衷感到钦佩，并曾经想：性格坚强的母亲，即使又找了男人也不会被欺骗的。我对母亲很放心。

三十岁的时候，我生了小孩。婆婆到医院对我说：“洋子，你给我家生了个男孩，真是大功一件。”一听这话我就气不打一处来。

我原本打算把生孩子的消息告诉母亲，并请她在我产后帮着带一带，可是母亲并没有来。看不出来她有多高兴，倒是小姨特地从大阪赶来帮忙。“哎呀，这是姐姐的风格。”我们两个又说了母亲的很多坏话。

小姨小声对我说：“姐姐现在有男人了。前些天她来我家的时候，从衣服里掉出了一张白纸，我一看，竟然是箱根旅馆的收据，而且是两人份的。”嘿，这不是挺好的嘛，我早就想到了。“不过，为什么母亲会拿着收据呢？难道是身为女人的母亲付钱？”“你呀，真是一点儿不懂。那个男的是有老婆孩子的。他拿着收据回得了家吗？”哈哈，小姨，你是夏洛克·福尔摩斯吗？我对母亲的男人是谁并不感兴趣，只要不露馅儿就行。母亲是不会让事情败露的，她那么会撒谎，到时候必然会明知理亏仍然坦然地摆出蛮横的架势，把黑说成白。她的这种性格在那种时候倒是着实有用。

没过多久，弟弟结了婚，母亲和弟弟夫妇一起住。大妹妹结了婚，在奈良当老师，小妹妹在东京做保姆，弟弟在市政府工作，是一名地方公务员。

和儿媳妇住在一起没多久，几乎从第二天开始，母亲就开始一个劲儿地在电话里说儿媳妇多么多么不好，而且说个不停。我几乎没怎么听她的控诉。没有儿媳妇能够和母亲相处得好。她还给我在奈良的妹妹打了很长时间的电话。据说妹妹也觉得弟媳妇挺可怜的。

母亲经常到我在东京的家。她是为了控诉儿媳妇而来的。然后过不了两三天我们就会吵起来，我一次又一次看到她垂头丧气的样子。现在回想她当时的背影，最让我感到痛心。

后来，妹妹和弟弟也都有了孩子。妹妹产后也是小姨去帮的忙。

母亲对我弟弟的女儿喜欢得不得了。她可是生过七个孩子的，应该早已经麻木了吧。只是，孩子出生以后，她对儿媳妇的攻击就变得越发激烈。“你知道吗，照子就那样把婴儿夹在腋下，连抱都不抱。把奶瓶塞到孩子嘴里，把孩子往地上一扔就不管了。”可能儿媳妇对母亲干预孙女的养育感到不高兴吧。

母亲莫非想把儿媳妇赶走，然后和孙女、儿子一起生活？

有一天，弟弟打电话过来说想和照子离婚。

“为什么？”

“咳，她那样真是让人没辙。根本抚养不了孩子。”

这个孩子的恋母情结还在呀？

“那现在孩子谁管呢？”

“全都是母亲在照看。”

洗脑洗得也太彻底了吧。有时，我回老家的时候，弟媳妇话不多，一直在那里默默地干活儿，上身和腿粗壮得像炮筒，虽然看上去有些迟钝，但这样条件的女孩不正适合母亲和弟弟吗？

“我们看起来可不是那样。寒暄问候做得不是挺好的吗？”

“是啊，是啊，她出生在商人家庭，当然擅长这些了。”

我不同意他们离婚。

母亲抱怨说：“你说说那个人，连菜都不会做。买来生鱼片直接往桌子上一放，菜都是买现成的。”那是因为您将她和您自己比。母亲做的菜，作为主妇来说水平是相当高的，所以和您比的话，儿媳妇那也太可怜了。

“你说说，她是穿着红色高跟鞋配上长筒袜子来咱们家的。第一天那双高跟鞋傻大傻大的。”“母亲，那不比爱打扮和爱虚荣强吗？”母亲来到东京说儿媳妇的坏话，回去的时候则必定给儿媳妇买毛衣、女士衬衫之类的东西。我和妹妹都说，母亲得了儿媳妇神经衰弱症。

我们姐妹为了不给弟媳妇添麻烦，尽可能不去母亲那里。

“那样的母亲，再加上这些聪明能干的小姑子，弟媳妇肯定很不高兴。”

“还不是因为母亲那么能叫嚷吗？母亲身体可是好着呢。”

还有，那终究是夫妇之间的问题，是弟弟选择的妻子。

我想：我们姐妹不具备作为女儿应有的亲情和宽宏大量的理解能力。

母亲七十岁的时候对胃进行了大部分切除。她得了胃癌。医生把摘除的胃放进铁盆里，对我们说：“您几位想看一下吗？如果害怕的话不看也没关系。”三个女儿伸长了脑袋，看着里面已经变形了的东西。医生用大大的圆头的镊子把相当于每页四百字的稿纸大小的灰肌肉色的东西夹着晃了几下给我们看。

“通常来说，胃壁这种东西是有褶皱的，这种内部光滑的胃还是很罕见的。”

我们虽然没有看过别的胃的实物，但不知为何，的确觉得非常稀罕。

相对于生病时的年龄，母亲手术后恢复得很快。

不过母亲既没有在静冈，也没有在清水，而是选择在滨松的医院接受的手术。

因为母亲的好朋友在滨松。可能对于母亲来说，三个女儿都有工作，不可能来看护自己，她也不愿意在当地的医院接受儿媳妇的看护。

母亲的好朋友竟然是一位非常出色的人。我们都觉得很奇怪。她掌管着一家铁制品厂，还照顾着两个孩子，也曾经为钱的事情付出很多辛劳，不过母亲真的非常信任她。我觉得她的诚实、聪慧和胆识都非常少见，她也是唯一一位没有被母亲在背地里说过坏话的人。

那个人在医院里对母亲的照顾几乎是无微不至的。

“我的癌症是因为照子对我施加精神压力才得的。”

明明是遗传，因为外公得的也是胃癌。

外公得了胃癌以后大约一年就去世了，母亲却全然没有看上去会死的迹象。

似乎吃东西会噎到，母亲开始少吃饭，饭后马上就躺下，并且不停地按摩胃部。

可是，在那七年以后，母亲比我还精神饱满地参加了欧洲之旅。

不过，母亲的儿媳妇神经衰弱症并没有停止。

“要是那么讨厌她的话，把他们一家赶出去就行了。那个房子可是母亲的。”我们一这么说，母亲就不吱声了。我们能感觉到，母亲其实只想把儿媳妇赶走。

弟弟的孩子的家长会都是母亲去的。

母亲很疼爱自己的孙女。有时我甚至想，母亲说不定已经忘记了我和妹妹的孩子也是她的外孙子、外孙女的事实。

母亲虽然疼自己的孙女，但是她不娇惯孩子，在教授孩子道理和善恶方面毫不含糊。

啊，想起来了，母亲对孙女的教育和当时对我们劈头盖脸地进行灌输时一样。只是，母亲对自己孙女进行教育时声音很温柔。

在母亲七十七岁那年十月，我带母亲报了一个档次相当高的欧洲旅行团。母亲就像一个少女一样，诚实而温顺。

那时我才知道，在我不知道的情况下，母亲早就去了外国。首先去的北京，然后去了大连。她说：“明年我要去意大利。”她还收了徒弟，教授插花，参加短歌和俳句的会议，不知在什么地方还加入了多声部合唱小组。我为母亲的积极性、行动力以及活力深感吃惊。而且，她还参加了一个什么宗教的教会活动。很快我就明白了，参加教会活动是为了与儿媳妇战斗下去。她是一个完全没有宗教信仰的人。母亲以她自己的方式全力以赴投入与儿媳妇的战斗中，想到这里，我的心隐隐作痛。

十二月中旬，小妹妹有些异样，用压低的声音说道："听说我哥在交通事故中撞了三个人。""出人命了吗？""没有撞死人，但是因为他喝酒了，所以听说现在正在警察局呢。"

我不禁放声大哭起来，一边哭着，一边换了衣服，登上了新干线列车。

15

那是十二月中旬的事。弟弟出现在静冈的电视节目里，报纸上也印有出事汽车的照片。我到了位于清水的家，弟弟还在拘留所里。或许东京的妹妹和妹夫、奈良的妹妹，还有当时和我同居的那个人也在。狭窄的房子里弄得乱七八糟，我也记不清楚了。

母亲心神不宁地走来走去，看上去就像圆头圆身子的小木偶人。她一边烤着被炉，一边在我面前，仿佛是从肚子底部呻吟一样地说："这孩子简直就是一个瘟神。"说什么呀，母亲。当时太混乱了，所以细节什么的都不记得了，只记得被撞的三个人是学生，伤得最重的学生骨折住院三个月，其余两个人基本没有受伤。"母亲，三个人都是轻伤，这可是万幸啊。万一有一个死了的话那就不得了了。"

弟弟被当地政府开除了，失去了工作，理所当然没有退职金。弟弟一点儿都没有受伤。

年末，公务员，饮酒。

第三天，我和弟媳妇一起去拘留所接弟弟。弟媳妇一见到弟弟就恶狠狠地瞪了他一眼，抓着弟弟的胳膊就用尽浑身力气掐了起来。这也是应该的。到了放车的地方，她粗暴地把弟弟推得老远。“看看你究竟干了什么！”说着她揪着弟弟的脑袋往车上撞。她的心情当然可以理解。可是，在我看来，她的做法实在野蛮和愚蠢。母亲整整一个晚上都在发呆。

我们去探望受害者，保险公司的人在我家进进出出。母亲出去提交了辞去民生委员的相关文件。从那里出来的时候我觉得非常奇怪。母亲就像刚看完戏一样，先是把嘴斜斜地紧闭着，然后冲着我微微一笑，看上去很做作。

在母亲的这些孩子里，弟弟是最较真儿的一个，而且非常老实。弟弟能够忍耐，绝对不会出风头，还会默默地做别人讨厌去做的事情。可是上帝就像主投球手松坂一样，将厄运集中投向了弟弟。我之所以会放声痛哭，是因为我觉得弟弟的命运可能到了最糟糕的时刻了。我不知道有哪个男人比回到家里以后的弟弟更加消沉和悲惨了。

母亲在拥挤不堪的家中说：“喂，饭做好了吗？”“你说什么？都这样了还吃什么饭？”弟媳妇的语气就像用又粗又圆的木棍暴打了母亲一样，然后她一个字一个字清楚地说：“姐姐，请您把母亲接走。”那语气不容分说，眼神相当吓人。

“好的。”我说的是心里话。

通过这件事，我们姐妹才终于明白，母亲此前抱怨的大部分都是事实。

身为日教组[①]理论家的大妹妹也无计可施。在不明事理的歇斯底里者面前，道理是讲不通的。

过了几年以后，妹妹说：“母亲说过只要在家里待着，心脏就会怦怦直跳，我算体会到了。只要那个人在家里咣当一声关上窗，我就会被吓一大跳，然后心脏会不停地剧烈跳动，担心那个人是不是什么时候又要大吼大叫起来。”“我们这些人，在外面是根本不会输给别人的人，可结果呢……真是丢人啊。”

母亲乖乖地来到了我在东京的家。因为和我同居的那个人家里有特别多的房间，所以从住处上来说，根本不用犯愁。

我以为母亲平静下来以后就会回自己家的，事实证明我太天真了。母亲刚到，紧随其后，从大衣柜到三面梳妆镜，从西服到鞋子再到所有东西都用大卡车运到了。

---

① 日本教职员公会的简称，坚持反战立场。

母亲生活的全部都深深地扎根在那片土地上，朋友和插花的徒弟、多声部合唱团和短歌小组、父亲的寺院、晴好的天空、带着孩子们去郊游的那些山和海。母亲一直到最后都没有再踏上过那片土地。

弟媳妇再也没有看过母亲。可那个房子是母亲的呀。

母亲出生和成长在东京，但是对母亲来说，东京已经成了他乡。

母亲曾经作为摩登少女阔步走在银座街头，可如今，那样的母亲早已无影无踪。

尽管我在头脑中觉得母亲可怜，却不是一个温柔的女儿。

母亲已经不是我所知道的那个母亲。对我的伴侣很客气，时刻关注我的感受，像一只小猫一样，悄悄地在宽敞的房子里走动，她已经变成了一位慈祥的老太太。

我的伴侣不是那种与人亲近的人，所以我感觉很放松。对于那个人来说，母亲可能与家具或者水桶没有什么分别。我非常感谢他。

在东京的小妹妹几乎每天都会来母亲这里玩儿。

或者把母亲带到自己家里去。令人讨厌的是，她会在日历上把带走母亲的那一天做上记号。

我想妹妹肯定一直在为我对母亲不好感到痛心。

有时会有三四个年轻人来我家。晚饭的时候我说："母亲，不好意思，您能到外面吃点什么再回来吗？"母亲会说："好，好。"然后走出家门。过了一会儿，我们并排走着的时候，母亲从荞麦面店走了出来，一个人，看到我们以后笑着说："走啦。"我们当时正要一起去吃中餐。我现在只要一回想起那时母亲一个人孤零零的样子就会禁不住掉眼泪。

儿子说："唉，母亲，外婆好可怜。"

即便如此，我们还是会因为判决或者律师的事情经常去清水。

事情刚发生不久，弟媳妇就说："给我慰问金，为这件事我可太丢人了。"

弟弟为了女儿拼命工作，从很少的月薪中一点一点攒着孩子的学费。因为探视费和律师费等，转眼钱就没了。

"我上不了大专啦。"抱着哭泣的侄女，我也哭了："没事没事，你一点儿都不用担心。"

小妹妹的丈夫每天都会去受害人的家里送盒饭。盒饭是妹妹做的。

咖啡店里，我和弟弟单独在一起的时候，我问他："你当时那么受人欢迎，为什么要娶照子？"他自己说："因为她看上去很老实，无论我说什么，她都只是低着头什么也不说。我就想，老实挺好的。”然后，他放声地笑了起来。我也笑了。“这件事是我理亏，咳，我连觉都睡不着。一进被窝她就在我枕头边上吼上一两个小时。没办法，我就去泡澡，她就追到澡盆里对我吼。一个劲儿地说钱的事情，说个不停。”“可能做老婆的，遇上这种事都这样。”“可是我也没有办法啊。”“她装老实装了多久？”“一个月都没过，就抡着开刃的菜刀大闹起来，说要把母亲杀了。”原来母亲说的是真的嘛。“当时为什么没有离婚？”“因为那次的事，我把她赶回了娘家，后来她的父母就过来，在榻榻米上磕头求我不要和他们女儿离婚。当时我跟姐姐说了，姐姐当时不是还反对我离婚来着嘛。”唉，夫妻之间的事，我本不该多嘴。

因为我没有相信母亲。

弟弟被判刑一年半、缓期执行三年，他成了有犯罪前科的人。

后来，弟弟直到退休，都一直在市政府外围团体的公园还是什么地方工作。

因为在此之前都是穿西服上班，现在的工作要穿工作服，所以听说他老婆每天都在门口对他大吼大叫。“你看你穿得那么寒碜，我可是冲着你是公务员才嫁给你的！”就是嘛，你可真够倒霉的。

我是后来听说，一直到孙女从大专毕业，母亲每个月都会给孩子邮寄三万日元。

有一天，我打开门一看，在房子前面十字路口的正中央，母亲正踯躅不前，样子非常奇怪。“怎么了？”“哎呀，医院是哪边来着？”医院就在她站的地方的眼前。母亲的膝盖不好，一直去骨科看病来着，她痴呆的程度在一天天加深。我买了一个只要盖上盖子就可以当椅子用的购物手推车给母亲。母亲已经七十九岁了，我觉得她已经完全是一个老年人了。可母亲说：“真讨厌，一看就像给老人用的。”于是她一次都没有用过。拐杖她也不想用。

母亲可能一整天都在看电视。一日三餐，只有我喊“母亲，吃饭了”，她才会出来。母亲从来没有在我做饭时帮过忙。不过我还是后悔自己没有尝试着去请她帮忙，哪怕她不答应我呢。

母亲就像小猫一样，蹑手蹑脚地来到餐厅。母亲原本那么能说，如今却一声不吭，一直都像初次来到客人家一样，非常懂礼貌。她很在意我的伴侣，什么都不敢说。我的伴侣是一个健谈的人，但是他的健谈只展现给我一个人。能够让他在我面前变得健谈，我也很了不起。我们两个玩儿了许多语言游戏，然后开怀大笑。吃完晚饭以后他就一刻不停地赶去工作。

母亲由于切除了胃部，所以每天吃完饭都会躺在沙发上按摩自己的小肚子。母亲曾经这样说过："真是奇怪啊，你和之前的丈夫每天都吵架，可是和现在的这个人志趣很相投呢。"之前的丈夫时不时地就会对我施加暴力，那是因为善于表达的我如同对他施暴一样，坚持己见，越说越起劲儿。他被我说得没话可说，涨红了脸发出呜呜呜的声音，一边说着"你这个浑蛋"一边就会向我扑来。我从他发出呜呜呜的声音的时候就想：哎呀，我把他逼得脸通红，看来挨打不可避免了。虽然他打我，但是我一次都没有觉得他的暴力不对。

第二个丈夫是一个靠语言活着的人，而且那也是他的职业。[①]有时我甚至想：这个人不会把日语当成只属于自己的东西了吧。他是一个不爱与人交往的人，所以也没有什么可以吵架的。他是一个非常出色的人。

母亲在我家里跌倒的时候摔断了胳膊，住院做了手术，出院回来以后痴呆得更厉害了。"母亲，您上厕所的时候不用洗手，只要用湿毛巾擦擦就行。""知道了，知道了。"她这么说，但还是会洗手，然后把胳膊上的绷带弄到湿透。

---

① 佐野洋子的第二任丈夫是知名诗人谷川俊太郎。

“泡澡的时候这边的手不要伸到水里哟。”可是母亲已经不明白怎么回事了。

我请了一位住在家里的保姆，一个嗓门特别大的粗人。我想：世上没有完美的人，性格开朗也挺好的。

妹妹来了以后对我说：“那个人人前一套背后一套，对母亲特别粗暴，最好把她辞了。”我半信半疑地重新请了一个人。

第二个保姆人很文静，是从地方上来的。母亲和保姆在不同的房间里吃饭。

这个文静的保姆说：“我这么说可能有点那个，但是您母亲实在是太厉害了。我觉得由这样的母亲抚养长大的孩子好可怜。”母亲虽然糊涂了，但是可能还是看人下菜碟，对这个文静的人露出了自己的本性。我说：“她岁数大了，有点老糊涂了，您就左耳进右耳出得了，不要放在心上啊。”

听说妹妹有一天给我的朋友打电话的时候哭着说：“我母亲会营养失调的，她现在吃的只有生鱼片、新腌的咸菜和西红柿。”

这些不就足够了吗？在这之前妹妹还说过一次：“保姆不应该只收拾下面，还应该打扫一下楼梯。只从母亲的存款里出雇保姆的钱，也太奇怪了吧？”

我不想和她争吵。“好的，我出。”虽然我心里气得够呛，但还是这么做了。妹妹是因为我对母亲不好，才会什么事情都不放心的吧。那个保姆后来是自己请辞的。

比起母亲，我开始为如何对付妹妹而陷入了痛苦之中。

我已经忘了，究竟换了多少个保姆。我算彻底服了。

“那好，你把母亲带走吧。”“可是我家很小。”“你在附近找一间大房子，房钱我出。”妹妹找到了大房子。我不够温柔，没有办法照顾母亲。 结果妹妹说：“我，做不到。”

经过五日市街道，我到母亲那里去。距离越近的地方，绣球花开得越盛。

母亲迅速地痴呆下去，也迅速地变成了一个诚实而可爱的人。

在她房间的佛龛上有父亲微笑着的照片。五十岁左右的父亲就这样不停地笑着。

16

我和母亲在一起生活了近两年时间，但那不是出于亲情，而是出于义务与责任。

我对母亲一点都不好。

我想妹妹对母亲好既不是出于义务，也不是出于责任，而是真真切切的亲情。

带母亲去美容院的是妹妹。我不喜欢甜食，也没有吃点心的习惯，母亲却特别爱吃甜的东西。我不记得自己为母亲买过点心。因为我家经常会收到别人送的礼物，如果凑巧收到的东西里面有点心的话，或许给母亲吃过。我记得妹妹经常会为母亲带来蛋糕和日式点心。从关着隔窗的母亲的房间里，经常长时间传来她们两个人一起唱歌的声音。

妹妹的歌声一直都是那么轻柔。她和很多女人一样，不同场合使用着不同声音。小的时候，我认为母亲和客人说话的时候，是把郑重其事的声音放在某处准备好了。不知道为什么，我只能用真嗓子说话。我是在哪里错过了学习机会的呢？

无论过了多少年，面对小猫的时候我也无法发出让小猫跟自己亲近的嗲嗲的声音。

我不擅长所谓的社交。

妹妹和母亲都是非常擅长社交的人。

母亲由于切除了三分之二的胃，所以饭后都会躺在饭桌旁边，按摩自己的小肚子。“撤退以后在乡下的时候，上房的人们吃的都是大米，却只给我们小麦。腌的咸萝卜我们拿到的也只有尾巴那一块儿。上面的表姐什么都没有给我们。”说这种事情的时候母亲用的是真嗓子。

我已经听过不下几百遍，都听腻了。“母亲，您好好想想，一家七口突然一下子来投奔人家，您说人家能对咱们那么好吗？”母亲的反应实在很奇怪：“我想说的就是这个。”她要说什么，我没搞懂。

“金山的伯母不是曾经背着奶奶给咱们拿过红豆饭和地瓜吗？”“啊，是啊，只有她对我们好。”母亲不会说“真得感谢人家”“她真是个好人啊”之类的话。父亲有一位好朋友的夫人是大学毕业生，是一个很喜欢文学的人，一提起她，母亲就会说：“虽然她是大学毕业生，可不是连一件衣服都不会缝吗？”母亲的记忆里只有不好的事。

“母亲，您什么时候最幸福？您难道连一件觉得幸福的事情都没有吗？”

母亲在沉默许久后，用略带遗憾的口吻说：“是啊，在清水的堂林町的时候最幸福。”那是父亲去世前五年左右。我想起了母亲从附近朋友家里跑着回来时的样子。啊，原来那个时候母亲感觉最幸福啊！那时，有一户人家的夫人受小姑子的气，一边哭着一边来到我家。母亲努力地安慰她。那位夫人的家距离我家有一点距离，她是特地大老远跑来扑在母亲怀里哭泣的。

母亲是能够成为别人好朋友的人。父亲的学生中，有五六个人一到过年就会聚到我家来，母亲会和颜悦色地招待他们，并愉快地加入他们的谈话中去，她是一个热情好客的人。

父亲去世以后，二十多年来，他们每年过年都会到我家来做客。他们讲恋爱故事和结婚的事情，母亲还曾经替他们到吵了架的女朋友家里帮忙说情。母亲是一个值得信赖的、可靠的阿姨。

在这些人当中，有一个人二十岁就得癌症去世了。这个人临死前说想见我的母亲，母亲也到医院去看望了。对于那位即将离开这个世界的人来说，母亲是一个能够给予心灵安慰的人。

没错，如果母亲不是我的母亲，而是别的什么人的话，又有谁会说出“我可没求你生我”这种遭天谴的话呢？骨肉亲人就是一个知道了不必知道的事情的集体。正因为是一家人，所以彼此之间好也罢，坏也罢，都会用楔子深深地钉在一起。

我从来没有从自己无法喜欢母亲的自责念头中解放出来过。十八岁到东京以后，我依然每时每刻都在心底为自己在家里无法对母亲好一些而陷入深深自责。我认为，这是自己犯下的罪过。

在母亲和妹妹唱歌的那个房间的隔壁，我每天都会用漂亮的信纸给与母亲年龄相仿的一位老太太写信。

我十分清楚一个独自生活的老人的孤独。我用毛笔在长卷信纸上写信，这些纸是用当时在我住的房子里面的昭和初期的日本纸拼接而成的。长卷信纸有好几卷，上面用木版印有樱花、桔梗、野菊与松树。还有那种东海道五十三次[①]从日本桥画到京都的长卷信纸。我估计是那家去世了的某个人在少女时代的收藏。

我毫不心疼，每天都拿来给朋友的母亲写信。

至今也依然不为那些漂亮的纸的用途而感到后悔。

我是一个特别容易讨老太太喜欢的人。这或许与我的自

---

① 东海道是江户时代从江户（今天的东京）日本桥到京都的驿道，沿途有五十三个驿站。

责有关吧。

虽然我觉得自己和母亲的关系不正常，但是过了四十岁以后我才惊奇地发现，原来讨厌自己母亲的人那么多。

一个朋友说，她经常恨不得勒死自己的母亲。

那时我经常去的那家美容院的美容师就说过，她因为讨厌母亲，十六年来一次都没有回过东北老家。

还有一位年轻的编辑，明明家就在东京，但为了不和母亲见面，甘愿寄人篱下。

弗洛伊德曾经研究过父子关系、母子关系，却忽视了母亲和女儿的关系，是因为他是男的吗?

可是，没有任何两种情况是相同的。

有的朋友说如果母亲死了，自己也会自杀；也有的朋友说比起恋爱结婚的那个人，更喜欢自己的母亲；还有的人没有经历过叛逆期。

有的人，由于得到的爱太多而感到那是一种麻烦和负担。

有的人由于母亲太出色，一辈子都在按照母亲指导的方式生活。

也有很多人和母亲是那种极其普通的良好关系。

知道这些人的存在以后，我就安心了吗？不，完全没有。

我甚至感觉到，自责的念头，年复一年沉淀，就像一条混杂的河流。

我也成了家长。我对儿子疼爱得几乎忘我。身为母亲的我，实在太没出息了。

朋友曾经唱着说过："杀洋子不用刀，只需叫声 × 男。"只要儿子发烧，我就会抓狂，孩子在叛逆期的时候，我没少掉眼泪。

和母亲住在一起的时候，儿子已经是出色的大人了，大家都知道，只要儿子一来，我就会变得异常有活力，心情特别欢畅。

有一天，母亲异常兴奋地说："你已经为 × 男丧失自我了吧。嘿嘿。"就像自己赢了比赛以后炫耀似的，她还吐了吐舌头。我虽然愣在了那里，但这是事实。

对于母亲来说，对孩子好是她的耻辱吗？

现在想来，我真为自己汗颜。或许我没有分清楚什么是对孩子好，什么是溺爱。

母亲是一个情绪善变的歇斯底里的人，但是对孩子从来没有过多余的干涉。

孩子多到那种程度，母亲恐怕想管也没有管的时间吧。

妹妹特别可怜母亲。估计她对我在奈良的妹妹也哭诉过，还对我的朋友说："母亲好可怜。"

我并没有打或者掐母亲。只是不爱她。我的心中无法涌起那种温柔的情感，并且充满了自责。

妹妹几乎每天都到家里来，或者把母亲带到自己家里去，有时干脆他们夫妇一起留宿在我家。

我累了。

“你要是不收留母亲的话，我就找收费的养老院了。”

我收集到的养老院宣传册堆积如山。看来真是有钱能使鬼推磨。

特别看护养老院的话，四个人也好，六个人也好，都是一个房间。以前我曾经去看过，但这也要排队好几年才排得到。我并没有考虑过要送母亲去那里。

如果选在神奈川或者千叶的话会便宜一些，但是妹妹和我去探望母亲的时候太远。我不知道我们找了多少家。我当时是以假定自己入住为条件进行物色的。

我对母亲谎称是由于和我同居的那个人的女儿和女婿要从美国回来。

母亲当时那顺从而诚惶诚恐的样子，现在回忆起来依然让人心痛不已。

我带母亲去了两家养老院。其中一家距离我家很近，建筑物非常高大，几乎和宾馆一样，景色优美，环境安静，还有宽敞的客厅和日式房间。我朋友的母亲就住在那里。接待处有一个穿着黑色马甲的年轻男子殷勤地站在那里。大厅还并排摆放着白色钢琴与阔气的沙发。出来的时候，我问母亲："怎么样？"她说："这里住着太贵，我不愿意。"虽然她有些老糊涂了，但头脑还算清楚。我放心了。因为入住费用是七千万日元。如果母亲说这里可以的话，我甚至已经打算好，把自己那间空着的房子卖了。

另一家养老院里收住着二十六位老人，地方虽小却设施齐全。养老院后面是很大的一个公园，树木郁郁葱葱，又深又静。

"这里可以。"母亲明确表示。

我开始到处筹钱。我把存款取出，还把自己的养老保险也取了出来，我一下子变成了穷光蛋。每个月需要花费三十万日元以上，但我大胆地认为，总会有办法的。

我清楚地认识到，自己用金钱抛弃了母亲。

我无法爱母亲，只能以金钱来补偿。

母亲虽然膝盖有些不太好，但很健康。

与弟媳妇连同衣柜强行运过来的佛龛一起，母亲搬到了养老院。

母亲在吃饭的时候漂漂亮亮地化好妆，换上西服，戴上项链，静静地来到食堂。她很快就和隔壁的人相处得很要好，开始进出人家的房间，她重新开始了社会交往。

比起和我在一起生活的时候，母亲变得精神焕发，也非常阳光。

也许母亲对这里很满意，她对我说：“这里没有奇怪的人和品行不端的人。好像只有通过了他们的调查才能住进来呢。”

一般来说，痴呆患者在患病初期都会出现认为自己的钱被人偷了的受害妄想症，但是母亲身上没有出现这种症状。

在钱的问题上，母亲向来是非常清楚的，但是后来不再关心了。我想她一定没有想过有人花了钱她才能住进这家养老院，还以为是免费的呢。母亲痴呆得比别人高级。

这里住着的几乎都是母亲的同龄人。有从哥伦比亚大学毕业的知识分子老太太，还有因为孩子在海外工作而住进来的人。前来看望的人们开的都是外国车。

我开的是一辆很脏很破的国产车，因为我既发不出很嗲的声音，也没有和谁攀比的虚荣心。

打开母亲的大衣柜，颜色比我的鲜艳得多，而且母亲也很适合这些颜色。柜子的抽屉里面，衣服整理得整整齐齐，恰到好处。

母亲的床上铺着崭新雪白的被单，我一去，她就会用暖壶给我倒茶。冰箱里面放了很多甜品，估计是妹妹拿来的吧。

这里的饭菜对于营养计算得比我家还要仔细，有两次下午茶点的时间。澡盆里有把手，用来控水的竹席台子设计得很高，充分考虑到了老年人泡澡的方便。虽然母亲没有说过什么不满，但她的顺从看上去那么可怜。妹妹每周必定去看望母亲一次。

由于母亲痴呆的程度还不是那么令人担心，而且妹妹也非常热心地前来探访，所以最初我只是偶尔才会去一趟。每次过去，母亲的眼睛里就会放出喜悦的光芒，然后喊我："哎呀，洋子来啦！"

母亲完完全全地变成了顺从而慈祥的老太太。

偶尔去的我，一直趴在地板上看书。

离开的时候，母亲肯定会送我到门口，冲着我的车不停地挥手。

"母亲，我已经六十了！已经成了老太太了。"

"唉，真可怜。是谁把你变成这样的呢？"

17

母亲二十二岁时生的哥哥。后来就像精准的机器一样，每两年生一个孩子。她生了七个孩子，抚养成人的有四个。

战争结束的时候母亲三十一岁，有五个孩子。准确地说，当时有一个孩子还在肚子里，应该算是四个半孩子。撤退的时候有一个一岁半的女婴，也就是我在奈良的妹妹。母亲三十二岁时就已经有五个孩子了。

我在三十二岁的时候只有一个两岁的孩子，虽然只有一个孩子，但是回想起来，为了这个孩子，那段日子我整天头发乱蓬蓬的，近乎失常。一个孩子就够受了，足够了。

在我最任性的那段时间里，我曾经问过母亲，为什么家里这么贫困，还要生那么多孩子。虽然母亲大吼着“因为那是一个国家鼓励多生的时代”，但是在当时来说，五个孩子也算是多的了。在大连的码头，父亲扛着装着被子的褐色袋子，踉踉跄跄地走在前面，我们一家子排成一队跟在他后面，有好几个和我们一样撤退的人都跟我们打招呼说：“哎呀，你家孩子真多。”他们的声音里饱含着尊敬与感叹。现在回想起来，那是因为父亲和母亲的态度，他们脸上露出的是自豪的笑容。我曾经认为我的父母很傻，但现在不这么想了。

我想这是源于自然界的法则。在一个人种将要毁灭的时候，超越个人意志的本能开始发挥作用。贫困的国家孩子多，是因为人们无意识中就在头脑中输入了孩子可能无法存活下来的念头。而且，孩子也被看成劳动力。

现在去东南亚也会看到七八岁的孩子工作的情形。朋友觉得那些孩子很可怜，但我并不那样认为，更多的是感到一种亲切。我想自己小的时候也曾经和他们一样，眼睛中闪烁着强烈的光芒。

那时我没有认为干那些活儿是一种不幸，现在也不那么认为。脖子上挂着一个纸盒箱，在里面放上香烟，然后跟在苏联人的屁股后面跑，卖得越多获得的满足感越大。那时的我只有八岁。

一岁半的妹妹疲惫无力地趴在母亲的背上。据说父亲曾经对母亲说：“这孩子不知道能不能挺到回日本。”哥哥的背包里面放着在北京出生一个月就死了的弟弟的骨灰盒。从外面看向外撑出了一个四角形，我知道那是骨灰盒。看着只能拿得动骨灰盒的哥哥，我好心疼。

我把能穿上的衣服全穿上了，裤子也穿了两三条，我的背包比哥哥的要重好几倍，估计是因为父母认为我很坚强，有毅力。

我紧紧地牵着四岁的弟弟忠史的手。忠史就像是我的孩子。

忠史完全由我来照看。比起当姐姐，我更像是做母亲的心情。我的孩子三岁的时候，我一次又一次感觉忠史就像复活了。

当时我们要从船底经过因为结冰而特别光滑的甲板才能到达厕所。现在我还记得当时每天牵着忠史那又小又软的手去厕所时的情形。

一直到忠史死去的前一天，都是我在照看他，与其说他是我的弟弟，毋宁说是我的孩子，我的附属品，照顾他完全是我的责任。而且，他虽然很小，但我觉得是他支撑了我。

现在这个世界上知道忠史的人只有我一个了。我后面的弟弟和妹妹那时还不懂事。父亲离开已经许久，母亲则说她没有生过孩子。

三十年前左右，我想起忠史死之前连白米饭都没有吃上，就哭着去给他买佛龛。

可是稍早之前我才注意到，忠史实在是一个坚强的孩子，他从来没有向我要这要那为难过我。他少言寡语，而且眉毛上面还长了上挑的旋儿，作为一个孩子，他是非常沉着和稳重的。

我把花摘来让他拿着，他就会牢牢地握在手里，并且会露出笑脸。我往他手里一朵接一朵地塞花，每次他都会笑。那种笑容几乎可以照亮全世界。他只是一个孩子，却很有器量。

我想：那个孩子不就是我们兄弟姐妹中最出色的吗？如果他一直活着，将会成长得多么好啊。除了自己的孩子，我觉得忠史是这个世界上我最最喜欢的孩子。

哥哥身体虚弱，很机灵但情感过于纤细，活下来肯定会很辛苦。孩子多的穷人家孩子的命运啊。死去的都是那么惹人怜爱。

和忠史相处时间最长的就是我。虽然只有短短的四年，但知道忠史的手的柔软程度的只有他的守护者——我。

比起那时三十二岁，有五个孩子的母亲，我肯定更加了解忠史身体的全部。

我和他在一起相处的时间最长，忠史的皮肤触感我应该是最清楚的。

母亲生了七个孩子，失去了三个男孩儿。孩子死了以后母亲的痛苦，我无法体会。

三十二岁的母亲最小的孩子还在吃奶，我的哥哥最大，只有十岁，最大的和最小的之间还有三个孩子，母亲带着我们在战争结束后的海外艰苦奋斗。

在货船船底，母亲表现出了一个母亲应有的坚强、开朗与活力，并且非常健康。

在那个混乱的战后，在货船船底，睡觉的空间完全没有，人和行李一起被装得满满的，身体根本无法动弹，但是我不记得母亲那时歇斯底里过或者粗暴过。看看现在三十二岁的女的，她们和那时我的母亲相比，简直就是活泼的小姑娘。就连我自己也没有养过五个孩子，而且我认为自己做不到。

母亲是从什么时候开始变成那样的一个人，这一点我很清楚。

战争结束后的混乱过后，我们接受了民主主义这种并不熟悉的东西的洗礼。

母亲开始跟父亲顶嘴，还折磨自己的孩子。蕴藏于时代教养中的女性价值观全部遗失殆尽。人的本性完全释放出来，这就是所谓的个性解放吗？

以前的孩子不可能没有叛逆期，只是表现形式不同而已。我觉得就是从开始有烦恼然后到有类似哲学的思考，最后再到沉默寡言的过程。其间，自己与自己过不去，导致身心失去平衡，从而变得闷闷不乐。

民主主义剥夺了忍耐与顺从。家庭这个原本圆形的整体分裂成了一个又一个小的丸子。

小的丸子中的两个转眼间就蒸发到了天上。父亲和母亲回到日本以后尽管也是极度贫困，但是比在大连把家当卖了换高粱米吃的那个时候烦躁得多，每天晚上都会吵架，然后又生下一个小的“丸子”。终于兄弟姐妹四人的组合固定下来。

我记得有一次正吵着架呢，父亲对母亲说：“你变了。”那时母亲少有地陷入了沉默。

我曾经认为自己在幼年时代就将自己好的禀赋都用尽了，可是和母亲一样，随着时代的变化，我也同样发生了变化。人们都开始显露出自己的本性。完全显露自己的本性就是个性吗？我总觉得现在的民主主义并不适合日本人。

或者说，片面的民主主义，导致人们无限地主张自我权利，而忽视了权利和义务彼此间表里一体的关系。

父亲去世的时候母亲四十二岁。

我们家的孩子当中，我最大，十九岁，最小的妹妹七岁，一共四个孩子。房子和钱父亲都没有留下。

曾经是家庭主妇的母亲成了地方上的公务员，把几个孩子全都供上了大学。给母亲那份工作的是父亲的朋友，因为那个朋友的朋友是知事。

我认为母亲虽然和父亲吵架，但是内心深处还是尊重父亲的。

也许母亲一直都以自己是父亲的妻子而感到自豪。

父亲在中国进行的田野调查成果在父亲去世前几年出版，获得了朝日文化奖。

父亲那时是在铁路上工作。作为农村例行调查小组的成员之一，父亲的朋友们都是那个小组的成员，彼此之间的交往都是以整个家庭为单位进行的，即使撤退以后，仍然是以家庭为单位彼此走动的。

比如说，我有一个朋友叫小孔，我还在用尿布的时候他就是我的朋友，近六十年来，我们一直有来往，直到小孔最近去世，他都是我很特别、很亲密和时间最长的朋友。

最近我才知道，父亲他们的工作成果曾作为厚厚的六卷本整理成册出版过。那是在一九五二年到一九五八年之间出版的，我当时却不知道。到旧书店请他们帮忙找，结果竟然花了十万日元。我想除了特殊领域的专家以外，全日本谁都不知道有这套书。

在完结的第六卷里，刊载着当时工作人员的座谈会。在那里，工作人员们讲到了我那早已去世的父亲。

× 他是一位头脑非常聪明的人，一喝酒就会高谈阔论，并且他本人也以此为荣。他实在是一个很有趣的人。

○如果不喝酒，他头脑敏锐，有一种令人心中为之一震的气质。

×……他参与了昭和十七年世界历史大系中的东洋近世篇的编写。那在当时可是水准相当高的一套著作。

○提出唐代是古代社会这一观点的人恐怕佐野君是第一个。他是一个非常有想法的人，只可惜后来荒废掉了。

×他是一个不断开辟新领域的人……他给周围带来了清新的风气。我们都因为感受到这种风气而更加充满活力。

○他稍微有一些与众不同，想法很新奇。我对他的调查方法一直心存疑问。他回答别人提问时的方式也和别人不一样。自始至终我都对他的那种调查方法持怀疑态度。

△他是一个很显眼的人，在工作上崭露头角，实在是一个超凡脱俗的人。

○他是一个充满人情味的好人。

这本书也是于一九五八年出版的。评论过我父亲的这些人也都已经不在了。

除了讲我父亲的那一部分，其余的由于太专业，我一点也看不懂。看到说他后来荒废掉了的说法，我不禁笑了。我听说父亲的绰号是剃须刀，母亲和像剃须刀一样的人生活在一起，她幸福吗？父亲的人情味与温情都用在家庭以外的地方了吗？说到这儿我想起来，在北京的时候，我亲眼看见他蹲在乞丐旁边和人家聊了很长时间。他还帮一个怀孕了的女高中生转到京都的一所学校，并且陪着人家一起去了一趟京都。这件事情是我后来从那个女高中生的妹妹那里听说的。

身体孱弱、头脑睿智的父亲迷上了非常现实而且勇敢健康的母亲，这件事情我也不是完全不能理解。我认为母亲给父亲带来了很多帮助。

夫妻吵架用的是完全不同的语言，而且不在一个层面上，这样不厌其烦地每天都吵，对此我深感吃惊。我很快就放弃了和母亲争论，但是父亲没有，他是仅仅出于喜欢与人争论，还是他一直没有放弃对母亲有朝一日终将明白的幻想呢？

对于思维敏捷、头脑睿智的人来说，他们有必要拥有家庭吗？天才型的人必定在什么地方存在人格的缺陷。在我看来，父亲不停地欺负我那不够聪明的弟弟的行为就有些反常。

在有四岁孩子的饭桌上说什么“有的人一辈子只读了十二本书，却被人称为真的读书专家”“不要相信铅字”“用钱能够买来的东西谁都可以买到”“不要吝惜钱财与生命”之类的话的父亲是不是非常少有？

摸一摸我的头，哪怕一下，不是更像父亲应该做的事情吗？

父亲一回到家，家里就充满了紧张感。

我不认为母亲对作为学者的父亲的工作感兴趣，她更需要的难道不是温柔的丈夫和孩子们的父亲吗？

父亲，你生下的孩子都是一群窝囊废啊。

如果忠史还活着的话该多好，为了父亲，我这样想。

母亲是因为我早死的父亲才吃了不知道多少苦，变成痴呆的啊！

佐野利一？最初母亲还认为这是一个很怪的人，后来却成了她生命中想叫多少遍就叫多少遍的人。

18

父亲死后，母亲一下子变得粗俗起来。明明很粗俗，却很虚荣。

母亲开始喝酒。在那之前她一滴都没有喝过。我曾经一直以为女人是不喝酒的。

可是母亲没有沉溺于酒精。开始上班以后，在年会或者工作之余她才试着喝一点。她从来没有在家里喝过。

虽然四十二岁就成了寡妇，但母亲的穿着干净利落，体态丰满圆润，而且笑容可掬，为人爽朗，我想她当时一定魅力十足。

母亲说过："真是的，以为你爸爸不在了就欺负人家……"现在回想起来，是不是她受到了性的诱惑?

父亲既没有留下房子也没有留下钱，所以他死后一家人连住的地方都没有，但是在父亲朋友的关照下，母亲当上了市立母子宿舍的宿舍长，我们一家就住在了那里。

我当时在东京上学，所以只是偶尔回去一趟。

母亲成了地方上的公务员。我想她肯定出色地完成了工作。我毫不怀疑，她身上具备那种能力。

住在那里的人全部都是带着孩子的寡妇，或者生了孩子男人却跑掉了的单亲母亲。母亲四处奔走，帮助她们联系工作，以使其实现自立。其中还有近乎白痴的女性。那里真的是处于社会底层无家可归的人们聚居的场所。

我在的时候，母亲有一次喝得酩酊大醉，回来以后直接倒在了隔壁昏暗的八叠的房间里，然后痛苦挣扎着来回翻滚，用指甲抠着榻榻米，大声痛哭着："老公啊，老公！"

我当时想：啊，原来母亲刚和谁睡过啊。母亲穿的是蓝色的大岛花纹和服，我永远无法忘记她从衣袖里露出的那双手。

比起撤退船的船底，比起战争结束后吃高粱米和麦麸活命的大连，那是母亲最痛苦的一段时期。

那时还很年轻的我如同看着不干净的生物一样看着她，同时也感觉到了失去老公的母亲的无奈。

我认为和母亲结婚以后，父亲从来没有出轨过。母亲一次都没有怀疑过父亲，我也一样。

小姨始终为她丈夫的花心而烦恼。

父亲每次提到这个话题的时候都会说责任全在老婆一方。

总之，父亲对母亲是非常满意的。

我们很害怕父亲，但是按照父亲的方式来说，他或许是一个很好的家庭成员。

父亲过年的时候用竹子做了风筝的骨架，然后在上面贴上纸，画上武士画。父亲画的武士画是忠实于《平家物语》里面的文章的，并且在上面用黑黑的字画上了“敦盛”[①]等字样。父亲在什么参考资料也没有的情况下，大笔一挥，一边胸有成竹地画画，一边振振有词地念着“练贯缝鹤直垂上，着萌黄匂铠甲”[②]，完全是按照念的词作画的。我们只要在旁边钦佩地说一句什么，他就会大吼一声“蠢货”，非常吓人。即便这样，我们仍然非常高兴。哥哥他们的陀螺也是父亲用木头削成的，就像艺术品一样。用绳子连续抽就会转个不停。父亲比别人更疼自己的孩子，他是很好的一家之长。

弟弟来东京的时候曾经说过：“母亲家里有男人了。”

“是 × × 先生吗？”我问道。弟弟说：“我想是。”

小妹妹有一次说：“× × 先生在被炉里摸母亲的大腿了。”我觉得这是无可奈何的。

---

① 《敦盛》为日本能乐的曲目。

② 出自《敦盛》的一句。意思是穿着绣有鹤的图案的、用高级丝绸制成的武士礼服，再披上黄绿色皮革串成的铠甲。

因为没有和母亲一起生活，所以我觉得“无所谓”，但是和她住在一起的弟弟和妹妹会有何感想呢？

我无可奈何。可是父亲之后的男人是 ×× 先生的话，母亲也实在太饥不择食了。

不过，母亲并没有沉溺于男人，也没有被男人玩弄于股掌之中，而是把孩子一个又一个地都送进了大学。

我上大学的时候贫困得简直就像画上画的一样，可是一想起母亲，我就觉得自己上大学是一种不应当的奢侈，我没有一天不这么认为。

那时从地方来到东京寄宿上大学的女孩子真的少之又少。

我穿的一直是结实的棉布连衣裙，从来没有向母亲要过衣服。

都说静冈县人团结，知道我很穷，同乡的男性朋友把颜料分了一半给我，佐藤君他们每次都会为我准备画纸和大头钉。

但是就像理所应当一样，我牛气十足地接受着施舍，那时我可真是一个充满活力而又活泼过头的女孩子。

但是对于被东京有钱人家的女孩子嘲笑自己贫困的经历，我至今依然耿耿于怀。

我说：“借我看看你的文库本。”她嘲笑着说：“你去买呀。”走在我的后面，她讥讽我:“佐野小姐的连衣裙为什么总是拖拖拉拉皱皱巴巴的呀？”我带着家乡特产到经常请我吃饭的一个朋友家里去的时候，朋友说:“哎哟，真少见啊！”她就在旁边说:“因为佐野抠门儿嘛。”这些都是同一个女的干的。

可能我身上有近乎病态的耿耿于怀，过了五十年依然无法释怀。

但同时，虽然已经过去五十年了，我一辈子都不会忘记佐藤君对我的恩情。我就是这样的一个人吧。

大家都很贫困。男孩子们有的没有腰带，只好代之以绳子，还有的男孩子穿着木屐和大裤衩上学。

还有男孩子和母亲一起生活，他也是撤退回来的。与母亲一起生活的单亲家庭的这个男孩子把他母亲的连衣裙和黑色的羊毛背心偷出来给了我。

贫穷也是一种快乐，让我们可以分享友情。

有时买来三十五日元的拉面我们各吃一半。那么美味的拉面在那以后我再也没有吃过。

即便这样感到快乐的时候，只要一想起母亲，我就会产生深深的愧疚感。

父亲和母亲虽然每天都会吵架，可是我觉得他们之间的感情纽带坚如磐石。

母亲后来交了什么样的男朋友我不知道，但是什么样的男人都是配不上母亲的。

即便不知道如同剃须刀一样的理性为何物，但是对于父亲，母亲在内心深处有一种绝对的尊敬。

母亲没有输给命运。

她把孩子一个又一个都送进了大学。

虽然她也发过牢骚，也说过别人的坏话，但我从没见她垂头丧气过。就如同她那强健的身体一样，她的精神也是坚韧和粗野的。

她不认真倾听孩子说话，孩子也变得不愿意和她说话。

可是她专心细致地倾听别人的诉说，正因为这样，她受到了人们的喜爱和信赖。

所谓家人，真的是一个没有温情的集体。

如果对别人了解得就像家人一样，可能也就没有朋友和熟人了吧。

父亲死后，母亲依然一丝不苟地化妆，穿着打扮从来没有不成样子过。

我一直讨厌母亲，一直最讨厌她了。

我的叛逆期没有止境。

小姨给了我很多亲情，可是母亲没有做过一件让我觉得她对小姨家孩子有感情的事情。

小姨家的孩子来我家玩儿的时候，她满心不高兴地一个劲儿说："什么时候能走啊。"

对于小姨，她是有情还是无情，我不得而知。

从小的时候母亲就开始说小姨的坏话。

我和小姨变得亲密以后曾经问过母亲："你为什么讨厌小姨？"那时父亲已经不在了，母亲说："讨厌你小姨的是你父亲。"我觉得父亲根本不了解小姨，所以怎么可能讨厌小姨呢。这又是母亲特有的辩解方式。

母亲做家务的能力非常出色。

无论是住在很小的房子里，还是住在机关宿舍，母亲一直说："别人都说我们家干净得就像家里没有孩子一样。"

到了父亲回来的时间，母亲必定会拿起笤帚把屋里扫个遍，然后对着镜子抹好口红"嗯嘛"一下。

家里孩子一大群，母亲把旧的毛衣拆开，然后放在锅上或者水壶的蒸汽上重新编织，我们家所有孩子都能穿上带花纹的毛衣。

母亲会用自己穿旧的裙子改成妹妹的连衣裙，过年的时候买来布，为我做上衣，为妹妹做裙子。

她还特别热心而仔细地做自己的西服。

在彼岸节的时候母亲还会做加了小豆、黄豆粉和黑芝麻的糯米饼。

她还把土豆煮好以后用麻布拧好，在上面轻轻点上一点食用红色素，这样点心就做好了。

她做的多纳圈和热的点心、蒸的面包，我们吃的时候都觉得理所当然。

孩子多，月薪少，但母亲还是妥善安排了钱的用处。

母亲把草月流师傅的技能资格证书一个接一个地拿到了手。一能够教授别人，母亲马上就开始教授徒弟。

这些和父亲的死是同时的事情吗？

在上美术大学的时候，有一次回家我看到母亲面对好几个学生，像模像样地、非常自信地拿着剪刀，咔嚓咔嚓剪插着花草。

出于一个美术大学学生的狂妄自大，我曾经说过：“母亲，你最好再好好学学。学生的花剪得分明不好看嘛。”母亲一下子火了，瞪着我大声说道：“这边的乡下人，剪成那样挺好的了！”

或许她自己也知道剪得不好。

我觉得就如同她对西式服装的偏好很平庸一样，她在插花上也缺少某种美感。母亲是一个充满热忱、认真学习的人，可能是因为她对从破损中诞生的美感不感兴趣吧。

虽然不够完美，母亲至少完成了父亲让她学点什么技能的要求，并且马上就实践了技艺可以修身的道理。

后来，父亲去世以后，她开始加入多声部合唱团唱歌，还加入了短歌会创作短歌。

母亲身上有一种不放弃的认真的劲头。我认为她很乐在其中。

虽然母亲因为父亲去世而深感遗憾和难过，但也意识到了父亲不在带来的轻松。父亲在的时候，母亲有作为父亲妻子的那股积极的劲头，也有某种紧张吧。

后来，在父亲死后，她的本性就完全暴露出来了。

母亲变得粗俗起来。

“我的父亲和母亲去哪儿了呢？他们来到这里了。”母亲在床上自言自语。

“他们来过？”

“也不是。他们都说：‘静子，你好可怜。’”

19

小妹妹像小姑子那样到处挑我的毛病，目不转睛地盯着我对母亲的冷漠。我也累了。

母亲那时已经完全丧失自信，开始糊涂起来，变成了一个老老实实战战兢兢的老太太，可我还是对她那么冷淡。

没有人是完美的。举动粗鲁的保姆性格开朗，文静善良的保姆却又太节省了，从东北地区出来打工的保姆做的菜不好吃。我一直认为这些都是很自然的事情。

没有人是完美的。我和保姆相处得很融洽。

虽然糊涂了，但母亲还是出于本能地保护着自己。她对为人老实的保姆露出了自己的本性。有的保姆为此主动辞职，并在临走时对我说："我觉得由这样的母亲抚养长大的孩子好可怜。"

我没有要放弃工作的想法，并不是出于自己喜欢工作，而是我完全没有为了母亲放弃工作的念头。

妹妹同意我把母亲送到养老院。

我成了没有美貌的斯嘉丽·奥哈拉和没有才能的美空云雀[①]。因为我是长女。

我搜集到成堆的养老院资料，然后去实地参观。

那时日本正处在经济泡沫之中，入住费非常贵。安静又环境优美的地方距离很远，价钱相对便宜。离得近，环境好，又便于探视的地方都很贵。最后我找到了两处候选。

在奈良的妹妹建议让母亲住特别看护养老院，可是那时的特别看护养老院非常过分。那里是我自己老了以后绝对不想住的地方。不管我多么不喜欢母亲，我还是不打算把她送进自己都不想待的地方。于是我开始四处凑钱。

和我同居的那个人替我撒谎："因为我女儿夫妇要从美国回来了。"在向母亲宣布的那一刻，母亲的身子缩成一团，现在回想起来都觉得可怜。

位于小金井公园背后的这家很小的养老院里面，前来探望老人的人们开的车要么是奔驰，要么是捷豹，我就开着一辆破破烂烂的本田思域，但我毫不介意。

每个月的花费是三十五万日元，但母亲的养老金只有十二万日元。其余的都由我来出。

我越发变成了没有才华的美空云雀。

---

① 美空云雀（1937—1989），日本歌手和演员，被日本社会视为史上最伟大的歌手之一。

那是一家给人宁静和清新感觉的地方，所以即使自己倾家荡产我也在所不惜。

我没怎么去探望母亲。

在那里也是一样，我是态度傲慢而冷淡的姐姐，而妹妹则是可爱温柔的小女儿，每周去一次，每次都会带上鲜花和点心。

如果把每个月的开销看成为了获得自由付出的代价，坚持工作是我更加轻松的选择。

偶尔去看母亲，她就仿佛是肚子里一百瓦的灯泡点亮了一样，满脸高兴的表情。尽管她这样，我还是一脸冷淡，并且因自己的冷淡伤害着自己。

最后一个保姆对我母亲说："静子女士，这次你要去的地方可不是谁都让进的啊，只有那些通过他们调查的高贵的人才能进去。"她的话巧妙地满足了母亲的自尊心，我对她充满了敬佩与感激。

间歇性痴呆的母亲说："这里是免费住的呢。好像他们还要调查入住者的身份呢，据说奇怪的人他们还不让住呢。"一听她说免费的事情，我就非常恼火："是啊，这里的每个人人品都很好呢。"然后我就倒在地板上看书消磨时间。

母亲记忆的消失是从最讨厌的事情开始的。

她首先忘记了照子的事情。

当她把照子的事情忘得一干二净的时候，我才明白照子带给母亲的压力有多么巨大。她每次打电话过来都会抱怨很长时间，可是我从来都没有认真地听过。

谁都没有想过母亲会在那家养老院住上十二年。

最后的那位保姆时不时地前去探望我母亲。她是一位身材魁梧、性格开朗、能干而很重感情的在日韩国人。听说她家经营着名古屋最大的弹子机游戏场所。

看着她站在一个极其奢华的豪宅前面照的照片，我问她："这是哪里？"她说："哈哈，这里就是我家呀，里面更豪华，就像漫画一样。水晶吊灯什么的晃晃悠悠的，不知道房顶上吊着多少盏呢。""为什么不回家呢？""我父亲特别过分。我母亲已经是他的第六个妻子了。"据她讲，她在十九岁的时候就带着母亲和弟弟离开了家，然后这么多年一直在做同样的工作。

"对于没有手艺的女性来说，收入最高的工作就是住家保姆了。"她供弟弟上了医科大学，还照看自己的母亲。

"哎呀，我们家的沙发可惨了，弟弟为了练习手术，在上面缝来缝去的。坐在上面感觉又糙又硬，线已经耷拉下来了。这还不算，我母亲还不停借钱给别人。"她对家人的感情与我完全不同。我不知道哪个日本人能够像她那样爱自己的家人。

“您听我说，姐姐，我第七个母亲的女儿后来到我家说‘我离家出走了’。”好像她还为同父异母的妹妹交了学费，就像是自己的义务一样。她说，她母亲借的钱是用来寄给在朝鲜的亲戚的，“那边的人，没有亲戚的真的会饿死的”。那时横田惠[①]的事情还没有被公开化。

后来，我爱上了看韩剧，开始认为那个国家浓厚的人情味可能是源于民族性的东西。她那大身板，一边大笑着一边转来转去地干活儿，以至于我不忍心地对她说：“你呀，干活儿别那么用力，会累坏身子的。”

有时，她去养老院会坐在我母亲的床上，与我母亲并肩唱童谣。不知道她是怎么看待把母亲送到养老院的日本孩子的。

母亲的痴呆却在一步一步向前发展。

膝盖里面积液，妹妹经常带她去医院，后来走路的时候也不用拐杖了，好像她连痛苦也忘记了。

很感谢母亲，她跳过了一般的痴呆老人必定会经过的说别人偷自己的钱的阶段。

可是，没过多久，她开始把团好的报纸往聚集在食堂里

---

① 横田惠，日本人，于一九七七年十一月十五日被朝鲜绑架，年仅十三岁。朝鲜政府一直否认对她的绑架指控，直到二〇〇二年的日朝首脑会谈上，承认绑架事实并向日方道歉。

的人的脑袋上面啪啪地砸。那时她的表情极其阴沉险恶。现在我在想，一定是有原因的，肯定有。当时我吓坏了。

如果她的暴力倾向严重下去将无法继续在那里待下去，所幸只是一时的。

后来看电视的时候她就不再换频道了。关电源的时候关的也是电视机机身的开关。她已经不会用遥控器了。后来，她连电视都不看了。

隔壁那位原本头脑很清楚的佐藤女士也急速地痴呆下去。开始脱了裤子，在地上爬着到别人的房间里去。

母亲把嘴凑到我跟前说："佐藤女士已经彻底痴呆了，真烦人。"

她在父亲的佛龛上点上香，双手合十的习惯也没有了。

母亲不喜欢白头发，总是将头发染成栗色。

小妹妹不辞辛苦地带她去美容院。

我时不时地给她买些内衣。

我给母亲买的都是三条加在一起一千日元的裤衩，或者是在超市二层的服装柜台买的便宜的东西。

我是不会为自己买三条一千日元的裤衩的，可是当时并没有在良心上感到痛苦。

母亲的大衣柜里放了几件大衣和短的外套，每次看到这些衣服的时候我就会想，说不定母亲以后不会再有穿着大衣外出的时候了。

爱买东西的母亲可能已经不会再去逛商店了，旅行也去不了了吧。

平时穿的毛衣也渐渐地旧了。

母亲喜欢的毛衣和衬衫，不是银座或者青山的，而是那种到处都看得到的。

母亲和那些人穿的一样，都是非常平凡的喜好。母亲真的是那里边的中年妇女，外表和内心都是。但母亲依旧是非常认真的。

在母亲房间里往床上一躺，看着母亲的影集，不知道她是什么时候去的，竟然有那么多旅行时照的照片。有的是和相同的人照的，有的不是。画面上母亲郑重其事，表情淡然，不知道为什么，她总是站在照片的正中央。

干脆利落，一丝不苟。或许母亲真的是一点也没浪费地享受了她的人生。

身体健康的时候，母亲去了好几次我在奈良的妹妹家里，还去了好几次在大阪的小姨家里，也来过我这里。

母亲穿的衣服的颜色比我的还要鲜艳，但是非常适合她。

她也没有对我对衣服的偏好表示过不满。我经常穿白色或者黑色，再就是黄色的单色无花纹的衣服，我讨厌显眼，但是我经常穿青山的名牌服装。

我现在想，母亲肯定很希望我穿彩色的或带有格子的衣服。

我在那些衣服里面适当地选了一些毛衣和女士衬衫，还有裤子。母亲应该能够喜欢的。

虽然算不上多贵的东西，但母亲还是会认真地进行修整，细心地对待这些衣服。我想母亲拥有的西服数量大约是我的三倍。随着母亲渐渐痴呆下去，那些西服也开始变旧，开始沾上毛线球，松懈下来。看着它们，我也稍稍感到有些落寞。

母亲的和服早在弟弟出事之前就已经全部送人了。只剩下一件用于参加仪式的正装。可能是留着准备在孙女的结婚仪式上穿的吧。

可是，那个机会终究没有到来。

母亲不是那种为了什么东西肯花很多钱的人。她既不是那种以寻觅美食为乐趣的人，也不是那种特别追求穿着的人，也没有喜欢宝石的嗜好，但她并不小气。

很多母亲都喜欢给女儿定做和服或西服，但我的母亲不是这样。

父亲是一个虽然贫困但也要最大限度地把最好的东西弄到手的人。

英国的布料，中国人制作的一件西装，他穿了三十年。战后做的另外一件西装是用做和服用的绸缎做的，可能父亲有的只有这两件。

大多数人喜欢扎花纹领带，但父亲喜欢一面绣着一匹跳跃的小马的蓝紫色领带。

在北京的时候，他穿过类似去过非洲的海明威身上穿戴的帽子和半截裤。如果有钱的话，他肯定希望拥有华丽的衣服吧。

母亲呆呆地坐在那里。

在母亲面前的佛龛上，父亲的照片就像是把阿尔 · 帕西诺（Al Pacino）与榎本健一[①]合在了一起一样，微笑着看着母亲。

① 榎本健一（1904—1970），日本演员、歌手，被誉为“日本的喜剧之王”。

20

虽然并不是请以看手相为职业的手相师看的，但母亲多次看着自己厚厚的手掌说：“相面师说我晚年的运势特别好。”

母亲七十七岁的时候被人家从自己的房子里赶了出来，这也算是运势好吗？

八十岁的时候开始痴呆，这也算幸运吗？

在还没老的时候，母亲盯着自己手掌时脸上露出的喜悦，看上去非常幸福。搬到了养老院的母亲是如何接受自己命运的呢？

在养老院的时候，母亲已经变成了一个慈祥的老太太。

小妹妹每周都会带着鲜花、点心和饮料去看望母亲。

她对养老院的每一个工作人员都深深地鞠躬：“母亲一直承蒙各位关照，深表谢意。”看上去总觉得很像站在舞台上的人。

偶尔去一趟的我只是说一句：“啊，你好！”我在心里想的是：你们这帮家伙，抢走了我那么多钱，该做的事情别忘了给我好好干!

母亲把夭折了的三个儿子和父亲的牌位塞到了小小的佛龛里，把脸上长着胡须微笑着的父亲的照片横着挂在了上面。

我一看到微笑着的父亲的照片就会眼睛湿润。

父亲不知道也没有预计到母亲会痴呆，只是在那里微笑着。

无以言表的思念在头脑中混乱地搅成一团，我最后的结论是：父亲，您早早离开我们是正确的。

我向佛龛双手合十或者为佛龛上香也是一时兴起的举动。

而妹妹每周来送一次的鲜花却是佛龛专用。

随着母亲痴呆的严重，她对佛龛连看都不看一眼了。

母亲已经把父亲忘掉了。

母亲曾经发疯一般疼爱我那天生心脏长在右侧、体弱多病的哥哥。稍微跑上几步就会嘴唇变紫的哥哥已经从母亲心中消失了。

一次白米饭都没有吃上，眉毛向上挑，就那样无声无息死去的忠史也从母亲的心中不见了。

出生后第三十三天就从鼻子里流出如同咖啡一样的血的

弟弟或许就像没有出生过一样。

我突然想：知道这些牌位上的人物活着时的样子的，在这个世上只剩我一个了。我现在的弟弟妹妹都是在他们死后出生的。就算已经出生，当时也只是小孩。

人就这样变成了无人知晓的人。历史书上的人物以外的几百亿的人就这样消失了。

繁育子孙延续后代的人，在坟墓里还有他们世世代代的祖先；三岁和十岁的孩子，在还没有后代的情况下就这样无声无息地消逝了。

我开始变得认真起来。哥哥、忠史，虽然只有我一个人，但只要我还活着，我一定会记住你们的，直到我死的那一天。

在养老院里，除了“爱”以外，其他的一切母亲都能得到满足。

她曾经那么害怕孤独，曾经那么忍耐和照子在一起的生活。

妹妹按时送来的鲜花，对于母亲来说，是否在那里或许她都不知道。

妹妹会有抛弃了母亲的自责吗？

最初，我无法一个人走进母亲的房间。因为一旦和母亲两个人单独在一起，我就会觉得非常窘迫，而且我还是无法喜欢母亲。

我带来了一位认识母亲的朋友。母亲依然热情好客，脸上一下子露出了光彩，起身想要招待客人。

她从水壶里将茶倒进小茶壶里，然后从冰箱里取出点心招待客人。

接下来，她问道："您住在哪里啊？""中野。""啊，是中野啊。只有这么一点东西，请您慢用。"……"您住在哪里啊？"

然后，她连自己住在哪里都不知道了。

母亲的朋友说："这真是一个安静的好地方啊。"母亲的表情变得非常含糊，就像是一个不知道该往哪儿走的迷路的孩子一样，"嗯，嗯嗯"，然后就没话说了。

我用了我的半生时间认为母亲和女儿的关系应该是特别亲密的关系。只有我讨厌母亲。可是后来一打听，和母亲关系处得不好的女儿就像《花开爷爷》民间故事中那个心肠坏的老头挖出来的脏东西一样，多得超出了想象。

有人一直受到母亲第二个丈夫的侮辱。我以为这种情况只有小说中才会有呢。那人看了我的脸以后马上说："你和你母亲关系不好吧。"我简直要窒息了。我也太天真和简单了吧。我的面相上就是那么写着的吗？

有人从学校回到家里打开隔窗的时候发现母亲正在和别

的男人做爱。“你父亲知道吗？”“我不知道。”这个人的母亲如今已经过了八十岁了，但现在一看到自己母亲的脸，她就想勒住母亲的脖子。这个人比我强，至少她敢徒手勒她母亲的脖子。我连用手直接摸母亲的脖子都不愿意。我讨厌母亲的气味。如果不用洗衣机，我连母亲的内衣都洗不了。

知道世上还有这样的人，我稍微安心一点了吗？没有，一点没有。

弗洛伊德是男的，所以他只了解母亲和儿子之间的关系。

还有人说：“我，丈夫死了也没关系。母亲死了的话我就不活了。”话说到这个份上我就不羡慕了，那位母亲用双手做成碗的形状，说：“那个孩子是我的宝贝。”哈？就她那个世故而又厚脸皮的女儿？原来这位母亲压根儿就不了解自己的女儿。

哎呀，这个世界真是无奇不有。

极其普通的人会一点点疯掉。

一点点疯掉的人才是普通人。

我对自己的母亲发狂这一点还是没能解决，一直如此，一直。

后来母亲连暖瓶都不会用了。就算这样，她仍然想往盘子里放些什么招待客人，有一次竟然把牙签盛在了盘子里。

偶尔撞见妹妹的时候，都会发现她在母亲的床上和母亲两个人打开童谣书，正在那里唱歌。母亲高兴还是不高兴呢？妹妹唱歌的时候看上去很高兴。那个孩子不怕接触母亲的身体。

她每个月会带母亲去一次美容院，把母亲的头发染成栗色。八十多岁的脸与栗色头发的搭配显得很奇妙，虽然脸上的污垢很明显，但是妹妹非常拼命地孝敬母亲，为她检查内裤，买来睡衣。

后来，我忽然发现，母亲停止化妆了。在那之前她还曾经给自己画了八条眉毛。打开化妆台一看，里面只有一只已经用光了的溜光锃亮的粉饼盒。

小姨经常去探望母亲。小姨去的时候我也会高高兴兴地一起去。

盂兰盆节和彼岸节的时候，小姨从多磨的墓地上坟回来都会专程来看望我母亲，所以我会陪着小姨先去上坟，然后一道去看望母亲。

母亲在健康的时候就没去扫过墓。

在我小的时候住在我牛込的家里的那位只会说秋田方言，在明治维新时来到东京的曾外祖母说的就是“manzu，manzu”[①]。从“manzu，manzu”往下的秋田方言就是小姨给

① manzu是“真的啊，真的是这样”的意思，但也有“首先”之意。

我翻译的了。我又想起了脑袋非常大的外公。

他们都变成了白色的骨灰，摆放在坟墓下面黑暗的地方。

小姨蹲在墓前，腰一下子横着拉长了，屁股看上去很大。她以极快的速度小声念诵着经文。

为什么同为姐妹，却有这么大的不同呢？

到了母亲那里我满脸不高兴，可是母亲把眼睛睁得大大地说："哎哟，洋子来啦。"她的眼睛里闪着星星，宛如漫画里的少女一样。

母亲完全变成了一个慈祥的老太太。母亲开始整天不停地对保姆说"非常感谢""哎呀，真对不起"。

人生下来的时候，"谢谢"和"对不起"都装在大小相同的容器里，一般来说，在需要的时候用一点，在人生结束的时候就用完了。

母亲被照子从家里赶出来四处流浪以后，"对不起""谢谢"就开始像用水舀子洒水一样用开了。母亲打开了"'对不起'和'谢谢'的水桶"。从来没有用过的"对不起"和"谢谢"岂不是还剩了满满一桶吗？

我第一次真正认识到"对不起"和"谢谢"是多么好的词语。说出"对不起"和"谢谢"的母亲露出柔和的笑容，她的慈祥看上去就像在肚子里面装得满满的，眼看着就要漾出来了。

就这样，“对不起”和“谢谢”一点点改变了我。

“这不就是一个可爱的老太太吗？”那个正常情况下粗暴而险恶的人消失到哪里去了？哪个才是真实的她？我曾经以为所谓痴呆，就是人格坏掉了，可是母亲明明是在痴呆了以后人格变得高尚了啊。

这个人莫非从本性上来说就是这样的人吗？我差一点就这么想了，可是我又想：如果母亲是一个柔和与慈祥的人的话，她的一生就走不到今天。如果是这样的母亲的话，想必父亲死的时候也会特别担心吧。

父亲非常清楚母亲的坚强和这种坚强带来的能力，并且也清楚她身上如影随形的粗暴。

父亲的选择或许不是一个坏的选择。

再加上两个人身体非常投合，或许他们就是再好不过的夫妇了。

许多人都是在恰到好处的时候死去。

父亲没把四个孩子抚养成人就死去了，但不正是因为如此，才给了母亲发挥她能力的机会吗？

我虽然成了一个没有父亲的孩子，但不正是因为如此，才使自己具备了根本不把贫穷当回事的性格和胆识吗？

如果父亲还活着的话，性格软弱的弟弟或许就连在政府的工作也做不了，而是一直懦弱下去。在父亲去世的那一天的日记里，弟弟曾经写过“父亲死了我很高兴”，如今弟弟已经六十六岁了，比去世时的父亲还要年长十六岁。

不仅仅是因为哥哥去世带来的打击，从小的时候起我就一直令父亲感到很满意。父亲连香烟还没有拿出来呢，我就已经把烟灰缸和火柴准备好了，是因为这个，母亲一看到我就讨厌我吗？

或许，我和父亲拥有相同的语言，也有过相通的感觉。父亲往往更喜欢更爱女儿吗？

小时候的我，母亲一教，八岁就学会了给哥哥织手套，听话且坚强地保护哥哥，学习虽然没有多么努力但是也没出现什么问题。母亲是因为这些而生我的气吗？母亲溺爱哥哥，我很受父亲的疼爱，这是弗洛伊德可能喜欢的范本吧？

“你们家的孩子真的好可爱啊。”“母亲还是喜欢孩子啊，而不是喜欢男人。”“哈哈哈，你真是个傻瓜。”

21

母亲的存折上有一千万日元多一点。母亲是抱着一种怎样的念头努力地把钱攒起来的呢？她总是那样干净利落，还去海外旅行过。看着她留下来的日本很多地方（我听都没听过）的大量的照片，我只有一个感觉，那就是她真的充分地、实足地享受了此生。母亲是一个绝不会放过这个世界上所有快乐的人。

我不像母亲那样爱玩，也不像她那么有活力。可能的话，我最想往床上一躺睡大觉。看着地板上的灰尘，一边想着"哎呀，看来不打扫真的不行了"，一边任由灰尘一直留在那里。母亲每天早晚都会把家里彻底地打扫干净，从来没有在白天的时候躺在床上睡觉。和儿媳妇一吵架她就会出现在东京和奈良，那也是需要花钱的吧。

可是母亲没有一次是带着礼物来的。为外公买墓地和建墓地的时候她也一分钱都没出过，全都是小姨操办的。

一起吃饭的时候，吃完饭就找不到她的影子了。我把钱付完才发现她在外面等着呢，也没有表示感谢的意思，只是把脸扭向了别处。

来到我家也是什么忙都不帮。即使是她的外孙出生了，她也没有给任何礼物表示庆祝，也根本不会给外孙买衣服或者玩具什么的。

对母亲来说，她孙子辈的孩子或许只有孙女一个。母亲为孙女去开家长会，因为照子只会说老师和教育委员会的坏话。据说她看到自己的孙女变得和她母亲一样，觉得“那样对孩子不好”。我认为母亲的社会性判断是客观而准确的。

我结婚的时候母亲给了我三万日元礼金。她自己的服装却是新置办的。那套衣服也许花不了十万或者二十万，但我婆婆还是说了很难听的话。“按照规定，亲生母亲应该穿黑留袖和服[①]的。”我想母亲肯定是计算好了，那样的衣服穿的机会多嘛。

买房子的时候，我借了首付。母亲什么也没有说就拿钱给了我，但是朝我要和银行一样的利息。我能够刚好在规定期限还上，还真是母亲的本事。不过我还是很感谢母亲，另外，我从心底里觉得，母亲收利息还是有她的道理的。

我认为母亲这一辈子没有向人借过钱，更别说被人骗钱

---

① 以黑色为基调的和服，为已婚女性最正式的着装。通常在孩子婚礼时，由母亲穿着。

了。就是这样的母亲，一旦痴呆了，就完全对钱一点都不关心了。

我现在想：是不是由于母亲住在那家养老院，所以痴呆才会发展得这么快呢?

可是，如果一个人在家的话，有可能发展得更快。这些都不得而知，谁都说不清楚。

如果我把自己的工作和社交全部放弃来照顾母亲的话，我肯定会变得歇斯底里，说不定会对母亲做出类似虐待的事情来。

只是，无论采取什么样的照顾方式，在母亲死的时候，我都会让自己心安理得，获得某种成就感，不留下遗憾。

我用钱抛弃了母亲。

和母亲一样，住到养老院的其他人也在一点一点地痴呆下去。

养老院就是让人集体痴呆下去的场所。

说一些前后矛盾的话，用撒谎和虚荣成为朋友的人也不会撒谎和爱慕虚荣了，仿佛每个人都各自茫然地住在小小的房间里。

可能，一旦连对方是谁都无法分辨的时候，人就不再需要朋友了吧。眼睛慢慢变得空虚。母亲坐在床上或者坐在椅子上呆呆地看着电视的情况越来越多了。

我推开房门，喊她“母亲”。她回过头来，眼睛散发出如同漫画中的少女一样的星星般乌黑的光芒，喜悦一下子迸发出来，就像婴儿一样，整张脸都笑开了花。

“哎呀，洋子啊。那是什么？”

“香烟，香烟。”

“你在吸烟吗？真是个乖孩子。”

“母亲您吸过烟吗？”

“没有吸过。真是遗憾至极。如果能喝酒的话我也会喝酒。”

“您想吃点什么吗？”

“我想吃的东西非常多，可是我不知道哪里有。”

看着母亲的那双眼睛和脸上的表情，我能够抚摩母亲了。头发也不染了，变得全白以后，母亲看上去真的是又高雅又美丽。

母亲住进养老院多少年了？白发使她适合浅色衣服。我开始期待给母亲买西服，橙红色啦，浅苔绿色啦，等等。什么时候去，她的胸口都会沾着饭粒。我已经能够平心静气地帮母亲脱衣服了。在我第一次给她脱带有印花图案的粉色短袜时，我感到母亲的脚就像棒槌一样细，和棒槌一样冰冷。原本拇指外翻，脚背很高的那双脚，如同中途放弃了的裹脚一样那么小。我有生以来第一次摸母亲的脚。这么小，这么冰冷的脚。上了岁数的人脚都很凉，可是究竟从什么时候开始变得这么凉的呢？我拼命地摩挲着，用力地摩擦着，希望她的脚能够稍微暖和一些。

“哇，太神奇了！我在摩挲母亲的脚，我在摩挲她的脚，我在接触她的脚，就这样一直触摸着。”我在心中就这样不停地对自己说。

小的时候我就没有被母亲抚摩过，也没有被她紧紧拥抱过。

四岁左右的时候，从母亲把我的手撇开的那一刻起，我就再也没有碰过母亲的手。

父亲的手很大，很薄，骨感明显。天气寒冷的日子，父亲攥着我的手，塞进他的大衣口袋里，由于口袋太高，我的手停在袋口的位置。无论什么时候，我都一直拉着父亲的手。

父亲还让我骑在他的脖子上。骑在他的脖子上我就能够把刺槐的花房整个掐下来了。骑脖子都是在父亲心情很好的时候，所以我特别开心。

说到这儿，我的衣服都是父亲给买的。黑色的羊毛上面织着很小很小的红色水花装饰的连衣裙。黑色的天鹅绒配上白色兔毛的鞋子，那样的鞋子之前我从来没有见过。灰底上斜绣着白色格子的裙子，连短裤也配有同样的花色。蓝紫色的天鹅绒的坎肩。

哥哥的衣服是谁给买的呢？是父亲一起买的吗？

哥哥外出时穿的服装是水手服。

我有和哥哥一样的白色凹凸纹帽。哥哥的帽子上镶有蓝色花边，我的是红色的。那时我和哥哥就像双胞胎一样，那是只有我们两个人的童年时代。

父亲让哥哥在他的脖子上骑过吗？我想不起来。

哥哥曾经有一辆非常棒的脚踏汽车，还有一辆三轮车。家里的滑梯，是父亲买回来的。父亲还在院子里的葡萄架上给我们做了一个箱形的秋千。

母亲虽然没有拥抱过我，但是也没有对我歇斯底里过，所以母亲回来晚的时候，我就担心自己被抛弃了，母亲是不是不回来了，然后哭个不停，哭得很大声。

那时，母亲非常慈祥，也没有和父亲吵过架。

可是，我没有触摸母亲的手的触觉记忆。

她的脚变得这么小，这么冰冷。

母亲已经忘记了，她曾穿着黑色天鹅绒的中式服装和很高的高跟鞋，夜里和父亲出去过。我当时认为母亲是世界上最美的人。

看着穿着高跟鞋的母亲和穿着西服的父亲外出，我特别特别高兴。

那时，我从来没有想过母亲有一天会变成老太太。

曾经那么漂亮的腿已经没有了小腿肚，瘦得像棒槌一样。我用力地摩挲像棒槌一样的地方，她的腿像棒槌一样冰冷。

“我已经没有爸爸也没有妈妈了。我好可怜。不过还有奶奶在，我回家一看，那个胖胖的人在，那是谁啊？”

“我在想以前快乐的事。”

我帮母亲把她的裤子也脱掉了。脱的时候，我把母亲抱了起来，让她躺在床上。母亲虽然变得很瘦小，但还是很重。休息了一小会儿以后，我又把她往上推了推，帮她脱了裤子，我才发现母亲垫着纸尿布。从什么时候开始垫纸尿布了呢？我只是偶尔去一下，所以不太知道她的情况。每周必定会拿着鲜花来探望的妹妹掌握着母亲的日常情况，而且因为知道得太多，有时还会和养老院的工作人员发生矛盾。

母亲已经把和父亲结婚并且生过孩子的事情都忘记了，佛龛什么的看也不看。有没有花摆在佛龛上她也不知道。

妹妹上周向保姆发牢骚，怪保姆没有给花换水。

有那个必要吗？保姆很忙的。你没有亲自照顾，所以你不应该挑毛病。

妹妹和母亲在床上肩并肩地唱着歌。两个人身体紧紧地挨在一起，共同打开了歌曲书。妹妹敢碰母亲，能够为母亲梳头。

在母亲的痴呆还没有那么严重的时候，妹妹曾经时不时地带母亲去她家住过，也曾经带母亲去赏过樱花，还曾经带着母亲去咖啡馆喝茶。

妹妹的孝顺堪称榜样。放在冰箱里的点心和茶都是她拿来的。

我把母亲拖到床上让她躺下以后，已经累得气喘吁吁了。

当我回过神来的时候才发现，自己在床上，骑在了母亲身上。我从她的腋下抽出手来，休息了一下，然后把自己的腿劈开，不知不觉地说：“妈，我可以钻进您的被窝吗？”母亲说：“好啊，好啊。来吧，过来吧。”

22

终于能够触摸母亲了，这对我来说实在是一件了不起的事情。彻底痴呆了的母亲还是真正的母亲吗？即使痴呆了，本能地保护自己，不树外敌的能力也会自然地迸发出来吗？

把母亲拖到床上以后，我感觉累坏了，和母亲钻进了同一个被窝。母亲说："来，赶快进来。"说着，她掀起了自己的被子。我说："我要掉下去了，您再往里点儿。"母亲像孩子一样笑了。"好的，你再过来点儿，来呀。"我和母亲在被窝里，就像还没有掰开的一次性筷子一样黏在一起。

什么呀，也没什么了不起的嘛。既不臭，也不脏。

我究竟是从什么时候开始不和母亲并排睡的呢？因为弟弟和妹妹一个接一个地出生，所以我已经不记得了。在战后的大连，孩子们早上醒来都很想和母亲睡在一起。

哥哥也好，弟弟也好，妹妹也好，包括死去的忠史，大家都很想钻进母亲的被窝。

从被窝底下脚的地方钻到母亲大腿附近的是谁呢？

那时的母亲真的是一位很普通的典型的母亲。

父亲说过："那么想和母亲睡在一起的话，做一个圆的被子就好了。"

父亲的创意就是这个吗？痴呆以后的母亲恢复到那时的样子了吗？

在养老院的床上，我自然地拍起了母亲的被子。

我唱着："睡吧，睡吧，母亲乖乖，快睡吧。"母亲笑了，非常愉快地笑了。

然后母亲一边拍着我身上的被子一边唱："孩子乖乖，快睡觉哦，快睡吧……接下来怎么唱来着？"

"孩子的守护神去哪里了？"

"翻越那座高山，翻越村庄。"

我一边唱着，一边抚摩母亲的白发。

我的眼泪一下子夺眶而出，自己也完全没有料到，想都没想的话脱口而出："对不起，母亲，对不起。"

我号啕大哭。

"我是一个坏孩子，对不起。"

母亲恢复正常了吗？

"我才应该说对不起。不怪你。"

在我的心中，有一种东西瞬间爆发出来。"母亲，感谢您糊涂了。神啊，感谢你让我母亲变得糊涂了。"

在我心里凝固了几十年的厌恶感如同在冰山上泼了热水一样，顿时消融下去。蒸腾的水汽无穷无尽地涌了上来。

母亲将一辈子的“谢谢”和“对不起”在糊涂的情况下如同水桶里的水一样倾倒一空了吗？

母亲出生的时候就是这样与“对不起”和“谢谢”一起来到这个世界的吗？

每个人都是与“对不起，谢谢”一起出生的吗？然后渐渐有了说不出口的理由和性格吗？

我终于从几乎折磨了自己五十多年的自责中解放出来。

我感觉活着真好。真的，活着真好。我没有想过能有今天。如果母亲没有痴呆，还是从前那个只会说“没那回事”的母亲的话，我能够变得坦诚吗？

从母亲痴呆开始，过了六年左右。我不再说难听的话或者指责她，但是也曾经想过，母亲从自己家里被赶出来，无家可归，都是她自作自受的结果。

那一天对我来说，是一辈子一次的重大日子。

我感觉自己获得了某种宽恕。世界忽然变得不同，变得如此平静。

我获得了宽恕，被某种超过人的认知的巨大力量原谅了。

我和只剩下瘦小骨头的母亲一次又一次紧紧地拥抱在一

起，哭泣着，颤抖着，哭完以后，感觉就像感冒好了的清晨一样。

可能是实在太开心了。我给河合隼雄先生写了一封厚厚的信，写完以后心里舒坦多了。我根本没有考虑老师正处于忙碌之中，只是此前有一次在交谈的时候曾经向他提过母亲和我的事情，我当时无法不将自己的喜悦传递给他。

没过多久，先生就给我回了信。先生在信中由衷为我感到高兴，并且回复说，这个世界就是如此自然地安排好了的。从超级忙碌的先生那里得到这样的回复，我感到十分抱歉，但当时我不得不对他一吐为快。

从那以后，去母亲那里对我来说就不再是一件苦差事了。

母亲的痴呆一点点地加重，每次去看她的时候她都躺在床上。

有时，保姆会特意让她坐在轮椅上，以防止她卧床不起。这时，母亲的视线会直勾勾地盯着一点，一动不动，那姿势看上去有些吓人。

“母亲！”我一叫她就会吓得一哆嗦，然后用焦点涣散的眼神说：“谁？”她已经认不出我了吗？只要我用很大的声音喊：“我是洋子啊，洋子！”她那呆滞的黑眼球就会一下子闪现出喜悦的光芒。

“哎呀，洋子啊！”

妹妹去看她的时候母亲可能也是一样的反应。可是不知为什么我总觉得，或许母亲只有在面对我的时候才会让黑眼球流露出喜悦的光芒。

即使是眼神空洞地躺在床上，她只要能够认出我，黑眼珠就会闪烁光芒。我也养成了钻进她被窝的习惯。

我和母亲在床上的对话总是驴唇不对马嘴。由于对话无厘头得让人不禁发笑，所以我把和母亲的对话做了记录。因为这些对话一旦忘记了将非常可惜。

母亲冷不防地冒出一句：“哎呀，没有办法啊。”

那些所有可能让母亲觉得无奈的事情都在我的脑海里回转，盘旋。母亲从什么时候开始说丧气话的呢？

可是，即便是正常人，也只有十分达观的人，才不会说“哎呀，没有办法啊”这样的话的。

世上的事真的是充满无奈啊。有时母亲说话就像是女巫或者巫师一样，借别人的嘴说着话，不禁让我觉得她如同神灵附体了一样，说出的是绝对真实的事物本质。所谓的痴呆，难道是超越人类的一种状态吗？

我从转个不停的脑袋里想到一句话：“您感到寂寞吗？”

“寂寞啊，那真是非常寂寞。”母亲说着就把眼神对着握紧的手背哭了起来，和孩子哭的时候一样。我惊慌失措，可是仔细一看，母亲并没有流泪。

我开始在痴呆病人面前狡猾地见机行事。“不过，大家都很寂寞啊。”

我觉得说话的对象就像神一样。

“或许是这样吧。”母亲说这句话的时候语调中实在让人感觉到讽刺和沉静。

有一次，她看着我的黑皮包问：“那是谁？”

“这是皮包。”尽管我已经告诉她了，但她还是凝视着小小的皮包，所以我索性把包拿到她近前说：“您看看，是皮包。”她用手推开皮包，然后说：“你说，你说说，这是谁啊？”让她摸一下以后，我说：“您看看。”然后她就说：“我真的以为是谁呢。”母亲眼前是不是经常会出现幻觉呢？

我觉得，如果有“心”这种东西存在的话，那么我已经用麻绳一圈一圈地将母亲的心紧紧地、紧紧地捆了几十年。那根绳子终于四散着松开了，我感觉自己终于能够轻松地呼吸空气了，仿佛重生了一样。

在这期间，我接受了乳腺癌手术。

我被剃成了光头。

我光着头钻进了母亲的被窝。母亲抚摩着我的头说：“哎呀哎呀，这个男孩儿是谁啊？”就这样不停地抚摩着。

“是洋子。”“哎呀，哦，有可能吧。”

有时和母亲并排躺着的时候，母亲会握着我的手说：“我希望有一个像你这样的姐姐。”

“我想要一个像您这样的母亲。”

“哈哈，真是搞不懂啊。”

母亲真的变得可爱了，就像小狗或者小猫一样。

她停止染发以后，头发变得花白，不知什么时候脸上的色斑完全不见了。母亲变得漂亮而高贵。碰她脸蛋的时候，她的皮肤非常光滑，就像摸着婴儿的屁股一样。

后来，我变得无比期待去养老院看望母亲，每次都是满心欢喜的。

神啊，我获得宽恕了吗？

与获得神的宽恕相比，获得自己的饶恕不知道要困难多少倍。

我的内心欢欣雀跃，就像是去见自己喜欢的男孩子一样。

有一天，我在母亲的被窝里说：“我六十岁了，已经变成老太太了。”

“哎呀，真是可怜，是谁把你变成这个样子的呢？”

实在意味深长。我也为自己六十岁了而在那里发呆。不知不觉间，察觉到的时候，我已经六十岁了。为什么会这么快?

有一天，母亲说:“我是一个什么样的人，希望你说给我听听。”

接下来就是鸦雀无声的寂静。

经常有人说:“痴呆了的人更舒服，因为本人不知道自己痴呆。”一听这话我就来气。

没有痴呆过就不要随便乱讲。

我的母亲明白别人不明白的事情。

我也不知道自己是一个什么样的人，或许一辈子都不会知道。谁都不会知道。

我没有陪母亲唱过一次歌，因为我是一个连哼唱都不会的人。

妹妹和母亲一同看着童谣唱歌的时候，母亲看上去很高兴，天真无邪。但是在养老院的食堂里，我正好碰上很多老人随着保姆的拍子唱着:“乌鸦，乌鸦，为何叫不停?”没有一个人看上去是高兴的样子。每个人都眼神暗淡，只有嘴在动。让人感到凄惨的是，曾经是大学教授的那位个子高高很有风度的老头也在和大家一起唱。大学教授也会痴呆啊。

还有的老太太，一边嘴在动，一边一点一点地把桌布拽到自己跟前，眼看着盛有红茶的茶杯就要全部掉到地上。

还有一个胖胖的老太太，一边唱歌，一边就像在歌曲中吆喝一样，对旁边的一个身材瘦小的老太太说：“你啊你，唱得太难听了！”

我要是有一天痴呆了，一定唱《浪花节人生》或者美空云雀的歌让你们听听！

和母亲说一些不着边际的话是一件很愉快的事情。

“有没有什么好事啊？”

“我，只要是好东西就行。”

可爱的母亲。我好开心。

23

母亲的手变小了，只有薄薄的皮在骨头上来回滑动。

透过黄色的皮肤仿佛可以看到白色的骨头。

人的身体好神奇。没有一种机器能够像人的身体一样，持续运转九十年，差不多一个世纪。即使上班时间结束了，人的内脏依然在工作，心脏还是扑通扑通地跳动着，呼吸也一刻没有停歇。

九十年时间，母亲就是用这双已经变小了的手，实现了全部的人生。这双手在五岁的时候也曾经是胖嘟嘟和肉乎乎的吧。

她曾经用这双手将寺庙里很大的菊花折断，在被和尚抓着衣领的时候，谎称要撒尿才逃了出来；也曾经用这双手握铅笔，用这双手系鞋带，用这双手拿筷子吃饭。

结婚生了孩子以后，她用这双手洗尿布，用手指把乳头塞进孩子的嘴里，用这双手做饭。

我知道的母亲的手是结实的、粗壮的和泛红的。

我想：那些如同身体前端很细的白鱼一样的手，能够和母亲的手一样发挥同样的作用吗?

哥哥也好，我也好，我们的毛衣都是母亲亲手织的。还在北京的时候，母亲和隔壁的阿姨商量好以后，为我和同岁的久惠做了一样的毛线护腿套裤。那时我五岁左右。我记得母亲说过，把毛线和丝绸织在一起比较结实。

我和久惠穿着一样的喇叭筒裤照的照片还留着呢，黑色毛线和红色的丝绸织在了一起。明明我们穿着同样的喇叭筒裤，可是因为久惠长得非常漂亮，所以看那张照片的时候我既高兴又厌恶。合身程度完全不同，无法让人觉得是同样的东西。

哥哥那件茶色的毛衣，胸口附近织有一圈白色的方形花纹，非常精神。母亲费了不少功夫。

战争结束时四个孩子的毛衣全部都是带着花纹图案的。母亲把旧的毛衣拆开，将毛线纺在纺锤上，洗干净，然后把出皱了的纺锤用水壶的蒸汽蒸到舒展开。我帮着母亲把纺锤上的毛线挂在我的双手上捯成毛线球。

最初是哥哥来做，后来就成了我的活儿。因为我转动纺锤的技术很好，能够方便母亲在同一个地方做成毛线球。我干活儿干到胳膊都麻了，但是和母亲面对面地一起做同一件事情，我感到特别开心。因为那时已经无法弄到新的毛线，所以冬天的时候，周围孩子的衣服上也几乎都是方格子花纹。

后来，母亲在织针织品的时候让我来学。可能我也很喜欢干这些，很快学会了织罗纹，等我掌握了增减针数的时候，我就会织手套了，还学会了在穿绳子的地方如何留小孔。八岁那年冬天，我给哥哥和自己织了手套。我想这是母亲教得好的结果。

母亲把罗纹的部分织得又宽又长，在手掌根部穿上线，以方便我们把手套挂在脖子上。这种款式比其他孩子的款式都要精致漂亮。我们兄弟姐妹就是戴着这些颜色不同但款式相同的手套撤回日本的。

母亲不知道告诉过我们多少遍，让我们把手套从外衣的袖子里面穿过去。那是为了让我们不要把手套弄丢。

同样是用这双手，母亲做的菜也非常好。

一样的饭团，我和妹妹无论如何也做不出母亲的味道。

我不知道有什么不同，可就是不一样。

从七岁的时候开始，我一直被母亲要求帮她做饭。我和别人家的孩子玩耍的时候，只要她一喊“洋子”，肯定又是让我帮忙做饭。其他孩子都是玩到家里人喊“开饭了”，每次我都会感到非常郁闷。

这种情况一直持续到我十八岁去东京上学。

彼岸节的时候，母亲必定会做糯米饼。母亲会把小豆、黑芝麻还有黄豆粉做成的三种颜色的糯米饼装在细长的浅浅的盒子里，装得满满的。

蛋黄酱上市以前，我被母亲使唤着做蛋黄酱。

等我稍微长点心眼儿以后，我就以学习为理由企图逃避做饭，这时母亲就会说“过后再学”，她是绝不会放过我的。

父亲爱喝酒，母亲会为父亲专门做一些下酒菜。

上初中以后，做鱼的时候，我已经能够很轻松地将鱼切成两块并剔除中间的骨头了。

我还很早就学会了用手将沙丁鱼的骨头拽出来的方法。

这些都是我的母亲，用她那双不太长的有些胖的手传授给我的。

父亲早早地就去世了，现在一看到电视上那些堆成山的奢侈的饭菜和食材，我就好想让父亲也尝一尝。

父亲去世以后，母亲也是看着日本一点一点富裕起来的，所以我想母亲这么想的次数肯定比我更多吧。

母亲的手如今已经变得白中微微带黄，就是这双手，为了家人，不知道被狠狠地使用了多久，不知道出色地工作了多久。

我在二十三岁时结的婚，现在来说这或许是一个非常年轻的岁数。

我的婆婆就像画中画的那样欺负我，但由于太像了，我不禁大笑起来。我想婆婆肯定非常不爽。

“现在可真好啊，不用接受嫁人前的教育就能够结婚了。”婆婆满脸阴沉，嘟嘟囔囔地说着。婆婆做的菜翻来覆去就只有天妇罗和放卷心菜的火锅。那时年轻的我觉得这真不可思议，于是趾高气扬地做了沙丁鱼的鱼滑汁，在蒸的鸡肉上浇上中式酱汁，还做了芝麻拌菠菜之类的醋拌凉菜。

年轻的时候真的很傻。

后来，我生了一个孩子。抚养一个孩子，就已经很费事了。

养孩子实在是很辛苦，相比之下工作根本不算什么。

母亲生了七个孩子，失去了其中的三个，忍受着丧子之痛，把其余四个抚养成人。

我做不到。

孩子一发烧我就会紧张得跳起来，孩子身上长了什么东西我就会带着孩子跑去看医生。体弱多病的哥哥和两次大病后仍然活着的弟弟，那时还有一个婴儿在哇哇地哭着，就是在这种情况下，母亲依然每天安然自若地做着三顿饭。我做不到。

并且，只有批判精神堪称天才的丈夫，从来没有帮忙做过家务。

有一次，母亲回东京的娘家了，父亲帮我刷碗。十根筷子，父亲一根一根地擦。那可能是父亲有生以来第一次刷筷子，这一点我当时虽小也能看得出来。

十根筷子刷的时候应该用洗碗布裹起来双手用力地擦的。母亲那双小小的手，用力地擦过究竟几千回，还是几万回？

夫妻吵架的时候，母亲就是用这双手将围裙捂在眼睛上哭泣的。

在这双手非常强悍的时候，母亲用拳头打过我，扇过我耳光，还曾经用这双手拿着剪刀去学习插花并取得了职业资格证，教授过别人。

母亲还用这双手写过信，做过很差劲的和歌。

人的手真的太神奇，挤过虱子，叠过包袱皮，还在厕所里凭这双手用纸擦屁股。

现在，母亲的手究竟能干些什么呢？她会用手往钱包里塞雪饼，把手纸放到大衣柜的抽屉里，坐在椅子上的时候，一刻不停地抚摩着枕头。用这双小手。

在母亲的手变得这么小的时候，是我抛弃了她。

因为抛弃了母亲，所以我的内心反倒可以时常变得温柔。

小妹妹在母亲来到这里以后，每周都会带着鲜花和点心来看望她，一次都没有落下过。母亲有她这个孝顺的女儿真好。她还会用轻柔的声音和母亲一起唱歌。母亲有三个女儿，其中有一个温柔的孩子，算是幸运的。

住得很远的女儿从小时候起就和母亲关系非常好，不像我这样和母亲有很深的纠葛。

她经常从很远的地方来看望母亲，真的太好了。

我已经记得不太清楚了。

她究竟在这里待了多少年了?

我回去的时候，她一边拖着腿一边走到养老院的前面，微笑着在那里不停地向我挥手的情景是多少年前的事了呢?

痴呆的症状是以什么样的顺序一点点发展下去的，我想不起来。

我来看母亲的次数不及妹妹的十分之一。母亲的手是怎样变成今天这个样子，又小又白里泛黄的，我已经不清楚了。

母亲从什么时候开始变得像现在这样大多数时候躺着，眼睛空洞虚无，我已经无从想起。

母亲向我的高中班主任老师说“是出于嫉妒吧”的时候，我觉得她怎么能说那种不着边际的话呢。

后来我明白了。也许真是那样。因为我和父亲一模一样，我们对母亲身上令人讨厌的地方固执地穷追不舍。我没有想过要给母亲留下退路。

父亲留下了优秀的工作成果，那些和他在一起工作的小组成员都将他比作剃须刀。我虽然没有父亲那么优秀，但是就像鹤见俊辅[①]先生说过的那样：“佐野女士，你真是没有常识啊。”可能他说的正是我身上有的那种不在乎世人的眼光，对于自己不想做的事情坚决不做的性格。

或许父亲的人格魅力比我大，他的朋友写道：“他身上有和别人不一样的气质，他是一个特殊的，与所有人都不同的人。”这些特征在我身上肯定没有。父亲和母亲吵架的时候，我只听得进去父亲的辩解。

虽然没有那么明显，但难道不是父亲给予了我超过我能力的期待，并在某种程度上把我看成了他的分身吗？

父亲说话难听，我想不起来什么时候被他表扬过，但我能明白父亲对我的爱。

我认为父亲将与自己天资禀赋完全不同的人选作妻子是正确的，他们作为夫妻是一对非常好的组合。

母亲真的是嫉妒我才那样对我的。

---

① 鹤见俊辅（1922—2015），日本思想家、大众文化研究学者。

24

母亲后来卧床不起，卧床并痴呆着。

明明她已经痴呆了，却时不时地说一些让人吓一大跳的事情。

“把一切都忘掉吧。”

母亲终日躺在那里时睡时醒。因为假牙摘了下来，所以脸相应地变小了。嘴唇陷入了嘴里，脸色泛黄。

接下来的事我就基本上记不得了。由于乳腺癌再次发作，影响到了骨头，我已经无法走路了。

我不知道母亲去世的时候我是拄着拐杖还是坐在轮椅上。在我的印象里，我伫立在医院床头的位置，就那样一直凝视着死去的母亲。

母亲已经死了，她的身体和在养老院里且睡且醒的时候是一个样子。

我想：在养老院里患着痴呆躺在那里的母亲是一点一点变成尸体的。

怎么去的火葬场我已经不记得了。

在炼尸炉的门关闭的时候，我看到了一下子变得通红的场面。也许只有我觉得是那样而已。

小姨、姨夫、表弟以及弟弟妹妹还有他们的伴侣等好像都在现场，但我已经想不起来了。

实在没办法了，我只好去问妹妹。

“母亲死的时候多大岁数？”

“九十三岁。”

“哪天死的？”

“二〇〇六年八月二十日上午九点半。”

“当时我在场吗？”

“没有啊。在场的只有哥哥和我。”

“我是什么时候去的？”

“你是在母亲的遗体进了太平间以后去的。”

“那时母亲已经被放进棺材了吗？”

“已经在棺材里面了。母亲身上盖着白色的闪闪发光的被子，被子上面盖的是白色的闪闪发光的和服，再上面放着缠脚布和缠手布，还有拐杖等。脸上也盖着白色的布，旁边放着过冥河时用的钱。”

“那个钱是真的纸币吗？”

“不是，好像是印有古代钱币的纸。”

“谁和殡仪馆联系的？”

“我呀。”

“什么时候定下来的？”

“我事先查好以后在附近找的。”

妹妹对于时间和顺序等细节都记得。几乎所有的事都是妹妹张罗的。

我不记得了。因为并不存在站着看着死去了的母亲的我。

听说火葬场将母亲的遗体焚烧得很好。

看着母亲那又小又细的雪白骨头，我当时的心情像是恐惧，又像是平静。

不过，母亲的骨头相对于她的年龄来说已经算结实和粗壮的了，听说火葬场的人还为此夸赞过。

我的癌症又复发了，所以坐上了轮椅。

谁都没有哭。我是这样认为的，不过妹妹她们或许哭了。

这是因为我不记得自己哭了吗？

母亲的骨灰和父亲的安放在了一起。

他们的墓地位于距离家里很近的地方，由山冈铁舟[①]的

① 山冈铁舟（1836—1888），日本幕府末期至明治初期的武士、政治家、思想家。

名字得名的铁舟寺的斜坡上。

父亲和好几代之前的铁舟寺的和尚交情颇深，所以自然就安葬在了那里。从那里看到的风景简直就像从前澡堂里的油漆画上画的那般完美。正面可以完整地看到雄伟的富士山，前面是广阔的骏河湾，墓地上面有樱花树，春天的时候樱花绽放。母亲上岁数以后，爬那个斜坡感到困难，好像为此她还动过要将父亲的坟墓向下移的念头，不过没想到自己也进了那座坟墓。

总之那是一座非常著名的寺院，父亲死后的五十年时间里，和尚也更换了好几代。

父亲的戒名是最高等级的戒名，据说如果给母亲起同样等级的戒名需要花上一百二十万日元，我听了以后吓了一大跳。

母亲死后，我为母亲做的唯一一件事情，就是到和尚那里去，让他在收取戒名费的时候打些折扣。

去让人家降价的时候，我开始同情起和尚来。

寺院里有重要的文化遗产和佛教经典，在屡次召开的展览会上，为了展出这些宝贝，据说搬运费和保险费什么的要花费很多钱，对其进行妥善的保存也要花费很多钱，和尚边说边叹气。我不知道他说的是真还是假。

在日教组的妹妹说过，释迦牟尼不把人分三六九等，她说得实在正确。

观点正确，可这个世界不是一直都在给人划分等级吗？

政治家也罢，和尚也罢，都一样。

在资本主义社会，公务员也是靠着资本主义收益的税金生活的。

不过，母亲死了以后，终于可以永远地陪在父亲的身旁了，想到这里，我不禁松了一口气。

母亲进入坟墓以后，我真的感到如释重负。

面对比自己想象到的还要充满波澜的一生，母亲坚强地活了下来。

或许有些粗野，但她很好地挨过了现实。

母亲是极其普通的“善良的市民”“普通大众”“日本国民”，她身上没有一样特殊的东西。

九岁时的关东大地震，时髦的少女时代，和父亲结婚，前往当时为日本占领地的北京，直到战争结束之前过的都不只是比较好的生活，而是相当富裕的生活。然后就是战争结束。抚养的五个孩子中，最大的孩子才九岁，两年时间里，身为知识分子的父亲变得颓废而懦弱，母亲则代替他实实在在地为家人搞到了食物。

她在那样的时候变得非常充满生机与活力，靠着一个人的努力，将全家七口人带回到了日本。

然后，孩子一个接一个轰然倒下。有了自己的孩子以后我才明白，我那深受母亲溺爱的哥哥的死，给了她沉重的打击。

不管遇到谁母亲都会装模作样地（在我看来是这样）收拢着嘴说："没有比孩子死去更痛苦的事了。"然后用围裙和手帕掩面而泣。

后来，她扇我的耳光，对尿床的弟弟大吼大叫。

母亲是动物。她身上充满了本能的母性的爱。

弟弟在北京发高烧，身体软弱无力，谁都认为救不活的时候，母亲抱着弟弟，穿过胡同，走到了很小的广场。穿过胡同的时候，弟弟一下子恢复了正常。据说，母亲发现胡同里的人家都在办丧事以后，才发现那里不是一个好地方。

母亲很喜欢婴儿。母亲抱着还是婴儿的弟弟照的照片上，就像是猫和狗舔着孩子一样，接近于菩萨。

等弟弟会说话了，母亲就把他扔在那里不管了。因为孩子也是动物，所以就像动物那样，在兄弟姐妹间的彼此冲撞中成长。

等到孩子自己赚钱以后，母亲再也不加干涉。她从来没有反对过儿女的婚事。

生七个孩子这样的事情我做不到。可是母亲在极其贫困的时候竟然做到了。是因为从前的人们已经估算好并做好了要死掉三个孩子的准备吗？

让母亲生那么多孩子的父亲，当时是怎么考虑的呢？

在死去的前一天，父亲让四个孩子坐在榻榻米上，紧紧地盯着孩子一个又一个地看，然后第二天就死了。

父亲死也死得不安心吧，因为没有一个孩子长大成人。

母亲当时四十二岁，在那之前一直是家庭主妇，她把所有孩子都供到上大学。

母亲从来没有抱怨过战后的贫困。

母亲忍无可忍、不遂心愿的就是和儿媳妇一起生活的那段日子。

她唯独忍耐不了和那个人在一起的生活。

人在辛苦中会迸发出力量，但无法消除烦恼。

母亲从自己成为寡妇后建的房子里被赶了出来，一下子进入了流浪的老年生活，然后就是急速地痴呆下去。

她变得像佛陀一样。

衰老使人原本用来倚靠的东西荡然无存。

母亲和父亲生活了二十年，其后的人生长达五十多年。

我觉得母亲二十年的婚姻生活是幸福的。因为母亲一直很尊敬父亲。

能够尊敬自己的丈夫难道不是最幸福的一件事吗？

父亲身上也有很多缺陷，为此，每天晚饭时间的夫妻争吵一天也没有停歇过，但是母亲对父亲的尊敬从来没有动摇。

太好了，真的。

可怜的是，她一直信任的恰恰是和她脾气最不合的女儿。

我强烈的责任感究竟源于哪里，我不知道。

到了七十岁，我每天都感到很恐惧。遗忘的加速非比寻常。

为了做某件事情而起身站立，可是站起来以后我又忘了自己要干什么，然后呆呆地站在那里。

我现在和母亲刚开始痴呆时一个样子。母亲那时就曾多次呆呆地站在某处，不知所措。

母亲呆呆站在那里的身影，仿佛在她周围有五厘米左右的雾霭。

我现在肯定也被同样的雾霭包围着。

现在，我是与年龄相吻合的遗忘，还是与母亲同样的痴呆症，我分辨不出来。

分辨出来又能怎么样呢?

“那是什么？”“香烟，香烟。”“你在吸烟吗？真是个乖孩子。”“母亲您吸过烟吗？”“没有吸过。真是遗憾至极。如果能喝酒的话我也会喝酒。”“您想吃点什么吗？”“我想吃的东西非常多，可是我不知道哪里有。”

我也会死。有无法降生到这个世界的孩子，但没有不死的人。

晚上睡觉的时候，只要一关灯，每天晚上母亲就会带着三个小孩出现在我的脚下。就像透过夏季用的大岛丝绸来看一样，在褐色的能够透过去的雾霭中，母亲和孩子们就站在那里。

我感到宁静而亲切。

我也要去那宁静而亲切的一侧。谢谢。我马上就来。

图书在版编目（CIP）数据

静子 / (日) 佐野洋子著；鲁莎译. -- 福州：海峡文艺出版社，2021.7
（佐野洋子作品集）
ISBN 978-7-5550-2671-6

Ⅰ. ①静… Ⅱ. ①佐… ②鲁… Ⅲ. ①散文集－日本－现代 Ⅳ. ①I313.65

中国版本图书馆 CIP 数据核字 (2021) 第 120679 号

静子

〔日〕佐野洋子 著；鲁莎 译

出　　版：海峡文艺出版社
出 版 人：林滨
责任编辑：蓝铃松
编辑助理：张琳琳
地　　址：福州市东水路76号14层 邮编350001
电　　话：(0591) 87536797（发行部）
发　　行：未读（天津）文化传媒有限公司

选题策划：联合天际 · 文艺生活工作室
特约编辑：张雪婷
装帧设计：compus · 汐和
美术编辑：程　阁
封面绘图：佐野洋子

印　　刷：三河市冀华印务有限公司
经　　销：新华书店
开　　本：787毫米×1092毫米　1/32
印　　张：7
字　　数：123千字
版次印次：2021年7月第1版　2021年7月第1次印刷
书　　号：ISBN 978-7-5550-2671-6
定　　价：55.00元

未讀 DR | 文艺家

关注未读好书

未读 CLUB
会员服务平台

本书若有质量问题，请与本公司图书销售中心联系调换
电话：(010) 52435752